蘑菇

Les champignons

邹礼雅 著

新 华 出 版 社

图书在版编目（CIP）数据

蘑菇 / 邹礼雅著. —北京：新华出版社，2020.9

ISBN 978-7-5166-5288-6

Ⅰ.①蘑… Ⅱ.①邹… Ⅲ.①长篇小说-中国-当代
Ⅳ.① I247.5

中国版本图书馆CIP数据核字（2020）第 153336 号

蘑 菇

作　　者：邹礼雅　著

责任编辑：蒋小云	封面设计：刘　伟

出版发行：新华出版社
地　　址：北京石景山区京原路 8 号　邮编：100040
网　　址：http://www.xinhuapub.com
经　　销：新华书店
购书热线：010-63077122　中国新闻书店购书热线：010-63072012
照　　排：杨　杨
印　　刷：河北盛世彩捷印刷有限公司
成品尺寸：185mm×130mm
印　　张：6.5　　　　　　　字　　数：77 千字
版　　次：2020 年 9 月第一版　印　　次：2020 年 9 月第一次印刷
书　　号：ISBN 978-7-5166-5288-6
定　　价：46.00 元
　　　　　版权所有，侵权必究。如有印装问题，请联系：010-59603187

第一部

有些人总喜欢记一个夏天,尤其是青年人。

那年,我在一个潮湿海岸,穿着玫红色的吊带,短裤上有荷叶边,蹬在人家的栅栏上,企图一探老宅的紫藤花。我踩了双凉鞋,赤裸的膝盖暴露在粗糙的石头边上,维持了一个不容易出汗的姿势,把目光送进院内,同一些树叶交融。我小心翼翼地留意过皮肤和石块的距离,但那时候似乎随性地制造出鲁莽的擦伤才更具浪漫主义风采,于是我轻声说:"不要刻意。"此类督促着的意向在我在C城的那段时间里最为突出。我在那里待了一月之久,其间持续了半个月的阴天。在那里弹琴，琴键似乎就是卡顿的，或者有意叫我放慢节拍；我的手指也不如平时有力，于是，我们两个一起昏昏沉沉地发出声响。在那里开窗户也是同样，窗栓生了锈，转动时"呲呲"地响。我本当用猛力把它拽起，但那时它给了我一个"易断"的观念，于是，我只能像磨墨一样小心翼翼地推它。因此，就在这个夏天里，我受到最多拘束，时常走在不稳定上，只能受控制般减慢自己的活动速度、精准规划每天的时间，得以让每分每秒是连续着的，不多不少、不快不慢。有时候，我观察到一片绿萝的叶子，不偏不倚正好倾向一个会使浇灌的水泄到阳台上的角度——无疑，这将增加我浇水的难度。于是，我耗费了很久的时间，找到一些叶与叶的罅隙，用漏斗把水滴进去。但在其他时间里，我不会那样做，只会尽量不把水浇到外面——纵使几乎不会成功。事实上，这样的小心谨慎并非我的理想状态。我的理想状态偏向带有鲁本斯①式的浪漫主义，倾向于一种裸露的莽撞，和本性的率真。因此，我下定决心要去体验一通属于我的阿卡迪亚②式生活。从那个暑天开始，我已经在精神上做足了准备，学会了喝果酒的时候读《恶之花》③，在脑海里浮现一整个连绵的景象。只是我没有陪同，只得独身一人。而那两个月P城充分地给予了我无限的空间放任自由，单是从天气上来讲，大片大片的晴天和时而的中雨已经是几年来的最佳组合。那里的田野里有铺天盖地的油菜花，湖和天只隔一道闪亮的横线，岬角上到处插着三色堇，有莫奈画里的断崖。总之，四处似乎都达到了色彩的极限，无论从空间还是时间上，就连我只是单纯地坐在那里时，心灵都感到自在。于是，在那里，我

---

① 鲁本斯，佛兰德斯画家，巴洛克画派早期的代表人物。
② 阿卡迪亚，也称乌托邦，是传说中世界的中心位置。传说当人们的互相压迫、剥削消失时，这里将再次变成人间天堂。
③ 《恶之花》是夏尔·波德莱尔（1821—1867）的一部诗集，兼具浪漫主义、象征主义和现实主义的特征。

被教唆着成为落拓不羁的闲人，被唆使着无目的地度日；但凡起了一点想要看时间的念头，我的肢体就指责我，带着我远离那些丑恶的动机。如此这般，我没有闹钟却也不曾睡到天昏地暗，手边没有衣服便只披毛毯，吃到一半的桃子随手扔到草丛里——万事都由我的想象而行，甚至连喷水壶我都认为是限制和剥夺，应当让水自己朝某一方向流。尽管我只是那样度过了一个夏天，但那股田园诗式的散漫和惬意的感觉一直留在我的感官里，使得我重回城市时对于复杂的句子像卢梭对待装腔作势之人一样避而远之，甚至用了小半年重新养成了看时间的习惯。

如此看来，我同其他青年人也没有什么差别。不过，我仍坚信自己的回忆带有形而上的蕴意，在这一点高于单纯的享乐和浮于表面的领略，就像当所有人同时走进凡尔赛宫，大部分人只是举着摄像机和享用提供的甜点，而我却对这里几百年来发生的一切以一种直觉而融会贯通一样。尽管我没有因此恃才傲物，但我的姑妈在我说到"……自然的真实是世俗不可攀比的"时，仍认为我在做十七岁孩子那样的狡辩。她将毫无疑问地成为这样的典型：当一个女人被冠名为一个称呼，例如姑妈、母亲或祖母的时候，她们就像被这个代词赋予了一个崭新而不曾被发掘的人格一般，在特定的事上吹毛求疵，规律地抱怨相同的事物，并且扬起相同的语音语调。因此，当我翻上栅栏，坐在石墙上的时候，我的手腕撑起身子让自己跳进院子的一瞬间，耳朵里仿佛灌满了有关细菌和法律的名词，而它们沉重如铅，未向上经由我的大脑就提前向下驱动四肢了。脚一落地，我才摆脱了当我在空中时闷在胸口的那些令人杌陧的老生常谈，"不安全""危险"都被阻隔在墙外了。我看到院子里还有石楠花，沿着石墙种了一圈。此时正是开花的季节，散发着一种恶味。紫藤花是最好的角度，从那里能俯瞰整个庭院和屋里：

空酒瓶被藏在树干后我看不见的土堆里，有很多勃艮第产区的，还有几瓶俄罗斯进口的；二楼阳台很干燥，只有一个酒杯在那里被晒着；我的帽檐很宽，看不到我的脸；不知道我那时在想些什么，竟然像老太太一样甩着腿，鞋挂在脚跟上，一边走，头一边向左向右，从这里看十分滑稽。由于我心里仍存有因母亲从小讲述的各类骇人听闻的意外和险恶而种下的胆怯，于是本应当持续着的情怀被因时间流逝而唤起的理智打断，继而只觉得脚下的草地恍惚间变成牢狱的水泥地，自己则仿佛是即将被主人发现的入侵者。最终，我像一只灰猫一样敏捷地翻越围墙，不管腿肚是否蹭了一堆土，心急火燎地踩在"合法"且"安全"的土地上。就在我跳下来落定的时候，一群穿着背心的人拖着一个旧木箱从我面前费力地经过，他们的脚上穿着脏运动鞋，牢牢地霸在土地上，鞋头和鞋板呈一百度角。接着，我看到一片布条夹在木块里，在尘土飞扬的地上被拖拉着，仔细辨识，上面写着——"鞋子在哪？"

鞋子在哪？那一刻我猛然陷入了难解的思考，似乎那几个字被拆分开又重组，像一条蚯蚓被切成几段又让它们兀自生长。那几秒被过分刺眼的阳光扩张，让我恍惚间经历了一次漫长的结构主义式推敲。当我回过神来的时候，我的嗓子已经干涸，舌头贴着上颚，脸上是只有敏感之人才能察觉出来的紧张神态。这句话放在我的嘴里被肢解成两半——"鞋子"和"在哪"，我挪动步子朝沙滩走，脑海里却只能循环又迟缓地出现"鞋——子——"，永远无法浮现"在哪"。

我远远地看到我的哥哥b和他的新婚妻子a已经在沙滩上支好了帐篷。她一个人往海里走，b坐在帐篷里看着海浪。据说她的父母（也就是我哥哥b的岳父岳母）是贪滥无厌之人，家里还有一个弟弟和一个姐姐，都是一样的脾性，唯独她算是阴差阳错间受到了不错的教育，看起来温和一些。他们的结婚仿佛是缔造好了的、历史必然了的,以至于没有人在他们订婚时感到惊喜,连他们两个似乎也意识到这股理所当然的驱动力;尽管毫无默契可言,但过于一帆风顺的恋爱使他们仍听从了那样的直觉。事实上,这段婚姻注定噩噬了他的生命力:他们没有共同兴趣,彼此仇视着对方的理想,家里永远充斥着一股戾气,是那样的逼仄和紧张,仿佛他们的卧室是块海绵,时常保持在被拧扭的状态而滴出污水。这样隐匿的不和在投掷到空中的盘子的光面上,在折射的光线里达到了最大饱和。那片瓷碟子从我哥哥的手里随着愤怒的风被扔出去,在漫长的轨道上首次观览了半个家(从厨房台面上呼啸地驶入厅室,越过沙发和即将拿去送洗的被褥,以最后冲刺的速度冲向电视柜,然后七零八落地随成几片,结束了几年的生命)。我就坐在靠窗的沙发上,并非因盘子的炸裂声受到惊骇,而是第一次看到哥哥同平常那样强烈的反差而感到惊异。但最终我受到惊讶的程度只是浅浅地停在看到十九世纪的社交花被扫地出门（大概是一个类似历史剧的镜头画面，克里姆林裙①的大裙摆划动在几级铺了地毯的台阶上，那裙角有时候倏地向前冲上剐蹭过两三阶阶梯，在不到第四阶的时候被拽回去，然后又唯唯诺诺地向下跳动、打抖，在几阶不长的阶梯上斡旋，最后一个猛冲后，被四只霸在楼梯上的皮鞋彻底带离一个个垒起的直角；一双男人的皮鞋却没有那么大的幅度，鞋尖对着女人，一直定在较高一阶上；偶尔一只鞋往下伸一点，但在落下的一瞬间又伸回去。而在这一切发生之前，却是宅邸里长期糜烂而不觉奢华的平静，平静里充斥着女人谋取钱财的阴谋，却在一个如茶壶摔碎的破裂声中被揭穿，于是大家都把几根戴着手套的手指或扇子半掩地放在唇边，眼神里充满戏谑的惊讶。这群人并非为了一个交际花的命

---

① 19世纪中期女性服饰主要款式，往往有圆形大裙摆。

运而惊讶，他们只不过看着一幕自己人生中不太兴许能发生的趣事在眼前爆发，对无波澜的华侈的生活中发生了一点变化而感到紧张刺激的讶异——像坐过山车，在保护杆统一放到胸下，随身物品被统一收起后全身传来麻苏电流一样的紧迫感。于是，一瞬间都围绕到楼梯前，把眼珠转到眼眶边缘，虚伪地表现出自己并不在意闹剧的超凡脱俗，仿佛余光存在的目的就是为了使他们高雅地看热闹；尽管他们快马加鞭地走，却又都离正在上演社会悲剧的楼梯有一定距离，并且拿着烟嘴、纸扇、酒杯等物装作并不太感兴趣的模样。）的水平上，因为在我的意象中，这样的场面（我只是设想到他们总会推搡和争执，但具体究竟以某种形式、某种声调，我都想象不到。或许以青年夫妻的方式：男人扯着低沉的嗓音包裹住女人尖锐的叫喊，然后迎来双方沉瀣一气的高声调，又因年轻力壮，满是活力的双手开始推、捶，若是还不冷静，则进一步上升至四肢并用；或者以中年夫妇的方式：充满冲撞力的喋喋不休，在家务劳动的过程中开始互相抨击，气急败坏时手里拿着的任意东西都可以被当作武器，以虚晃一晃的形式吓住另一人，而另一名手无寸铁的此时会突然降低声音，但接着感到自己的尊严不能被侮辱，于是释放出更大的、瓮声瓮气的嗓门，然后争执就要被推上高峰，两个人分别摔门而入，开始一阶段的冷战。）势必爆发，并且随着时间的推移，我愈来愈有一种隐隐的预感；因此我坐在那里看着我的父母愣了一愣后（他们没有想到会拜访的过程中看到失控的局面，他们理所应当地把自己当作不应当承受主人任何气愤的客人，所以看到争执却呆住了），才上前平息那两股无奈的怒火，心里却有一丝欣忻。

　　这并非不可预见，尽管他们在一段时间里曾看起来十分安定亲和。那时候的假象确实混淆过我的感知，我甚至还以为自己的直觉出了偏差。实际上，我不该有所犹豫。"你的直觉一直很好。"b上中学时在杏树下对我如此说。我当时只有葡萄架那么高,尚未总结出什么同决定论①有关的规律,于是单调地答应——"是吗"。我们站了一会儿,然后被他的母亲叫回屋。他在一切事上举棋不定,懦弱而不自知的本性使他在那些事上尚未做出不偏不倚的思考便被要求做了决定("做"实际并不恰当,更多时候是那些成年人们"给予"了他决定)。久而久之,他似乎不再为做出决定而努力,甚至把这份权利拱手相让给别人。我看到这样的情况是如此生气,以至于拿利弊分析逐步地逼问他,希冀他看清里面的逻辑,然后做出一个前提真,结论也为真的重言式②决定。好心的我(我一度曾有拯救世人的冲劲,希望领导

---

① 心理学中的决定论认为,人的一切活动,都是先前某种原因和几种原因导致的结果,人的行为是可以根据先前的条件、经历来预测的。
② 逻辑学名词。如果一个公式,对于它的任一解释下其真值都为真,就称为重言式(永真式)。

正义革命）甚至还帮他发觉喜恶，妄图让他找到兴趣点。最终是理所当然的徒劳无功——当我得知他的婚姻有包办的意味。那时候，我和父母受邀去他家；我坐在面对窗户的沙发上，像将社交礼节浮于表面的中产阶级一样祝贺他。实际上，我也是诚心道贺，并非心口不一。

总而言之，他们的婚姻到此为止后，他仍未可知自己的性情，似乎这段婚姻没有教会他什么，反而更增添了他对生命的叹息和彻底平庸的信念（他像一个风干了的柿子，此后就不太有水分了）。我得知他们离婚的消息时正在烘烤香蕉栗子软糕，那条从我母亲嘴中吐出的句子像是晒干了的橘子皮一样，表面疙疙瘩瘩，很多黄色的小点密布在上面，反倒提醒我撒上一层芝麻。这被我忘却了的一点芝麻（在动工之前为了提醒自己，我把它提前摆在桌子的显眼位置，结果却仍然被我忽视了）本是一点无关痛痒的小错误，在我眼里却被放大成了纰缪，如同在十八世纪更改教宗（比如从天主教改成加尔文教①）一样的糟糕。在那光一样的瞬间，我只是连跳过好几个步骤，飞快地推理出了那一撮芝麻最可能产生的后果（我事后整理了这样一次疾速的过程：不放入芝麻是由于我的粗心，而这并非偶然，即说明我在成长的过程中或是我的性情中蕴含着这样的不仔细、不精确，而这样的不仔细或将使我在日后要成就事业的路途上功亏一篑），接着再是一次光折射的瞬间，我谨慎地批判性思维又飞速地将我做出的任何推断否认（不放入芝麻的粗心或许来源于我一上午的过度忙碌，即便不来自于其他因素，忘放芝麻这样的事仍是人人都有可能遇到，并不反映任何现象的），让我重新回到手撒着的芝麻上。无论如何，这一在我计划（利用三十分钟完美地做一个蛋糕）之外的漏洞仍给我增添了重复动作的烦扰：打开橱

---

① 加尔文宗（Calvinists）亦称"长老会""归正宗""加尔文派"，是基督教的新教三个原始宗派之一。

柜、拿出芝麻、扭转按钮、戴上手套、打开烤箱、取出烤盘、摘下手套、撒上芝麻、放回芝麻、关闭橱柜、放入烤盘、关闭烤箱、扭转按钮、脱下手套。这一系列不间断的动作无论做得多么游刃有余，耗费的时间无论多么微不足道，这样的流程都给我在那一刻培养了燥急的情绪（同类的情绪都在我心里被划分了颜色：此类雷同的烦躁是赤橙色、缓慢行进是白色、轻松惬意是绿色。同样的，数字和字母也有颜色，2是香蕉黄、5是褐红色、6是葡萄紫、3是橙色。因此，在这一情况下，这般焦躁在我心中的编号是53，紧随着先前的41——不紧不慢的舒适感，被放置在我模拟的、有锁扣的，类似果酱瓶的记忆瓶里。这颜色继而让我回忆起其他装有同样色彩的记忆瓶，其中让人印象深刻的一瓶里盛放了有关气泡饮料的记忆。然而奇怪的是，我并不喜欢气泡饮料，正如我不喜欢可乐和气泡酒一样；因为我无法忍受密密麻麻的气泡粘在舌头上然后破开的感觉,那感觉类似于在战争的饥荒时期为了充饥而咬树皮,似乎舌头在跟什么刀枪打仗。然后当那些液体灌到你嗓子里时,除了口腔短时的麻痹,你无法从那一口饮料中得到任何其他味蕾上的感受,只有当它们流入你的肠胃,你才后知后觉地意识到你刚刚喝下的东西的味道。这样的体验未尝令人不耐烦,至少你完全无法根据相同或类似的经验推出可能得到的结果。这就代表着对于不同口味的气泡水,第一次尝试将永远是未知和冲撞的,完全无从预料的。而这一记忆瓶并非装了如此抽象的情绪,只是一些冲击的视觉影像——树莓和柠檬或橙子一类的水果爆出果汁,散发出一种普罗旺斯的味道。)

于是,当我在回忆里注视着她——年轻的我——因一点芝麻而流露出厌烦的情绪时,会发现那股腻烦也散发着一种十六七岁少女独具的芍药花香,似乎完满地被包裹进面粉味里,混合着蔓越莓的甜腻。那是一串连贯而一气呵成的动作,是"反复"独有的优雅和高观赏性,让人情不自禁想起《机械芭蕾》。她的气息融入夜晚的厨房,在黄亮的灯光下肆意弥漫,碎花的短裙在腰上坠着,大腿时不时彼此摩挲,一只脚尖点地,在瓷砖上投掷下一小片潮水样的阴影,像极了爱德华·霍普的画。似乎这个场景里再没有什么是繁复的了:墙只是单单的绿色矩形,桌子被简化成几根线条互相支撑着,饼干盒和面粉袋子形成几个方块和不规则棱柱,窗户直接化作了一块长方形的黑;而她仍保持着一种柔软的线条,上色鲜明,过度温和,栗色的发丝垂在锁骨上,行为动作突破了那些尖锐的物块所制成的障碍。

每每回忆起这样的影像的时候,我常常想用剪刀剪出她在厨房忙碌的侧影;但我每次拿起剪刀,开始从她的头顶剪时,我的意识就在她的鼻翼那里开始模糊,逐渐忘记她嘴唇的形状,然后是她的衣领和袖口。于是,我只好握着那把剪纸刀——又或者说一片钢铁——用它切断很多张纸——我撕裂它们、划开它们、糅合它们。刀片很薄，纸很薄，前者太容易使后者损伤，于是我用不了多少力，它们便破碎着颤颤巍巍地依靠着一点未断的连接相依偎在一起。它们断裂后，我把它们相叠，与灯光重合，然后再次撕划，让光泄进我的眼睛。这时候。我才可以清楚地看见她的身形——只不过不是厨房里的那个，而是在某地的海岸边，湿润而闷热的夏天，裸露着双臂走向沙滩的那个形象。

在那一刻，我年轻的身体像是注定了往前走，没有退路一样；既是必须往前，又是不能停下。这一点无论在哪个时空里，在哪个时间点，又或是如今当我得知我一定会像那样穿过土路走到沙滩上之后，再坐上时光机回到那一刻时都不会改变。在那个海岸，那阵温热的海风下，连一片浪花也不是偶然的，而我只能朝沙滩走，就如被过往牵住的人偶。

我也在某一时间里想过我是否能冲破这样的桎梏，能否掌握纯粹的自由，而后，我意识到这样的思路仍是被计划了的,无论做任何改变都无济于事,就像我受人呼唤走进沙滩一样,要做的只有迈开腿,踩在细沙上。

海风在我耳边沉浮起落,辗转得十分具有韵律,像是携带了浪花和波涛。眼前的海也不再由水构成,而是由点,一个个方形的、菱形的、圆形的落满夕阳的红点。它们远远看上去是线。它们远远地看上去是赤红的线。它们远远看上去是静止的线。它们远远看上去是螺旋的曲线。相同的黄昏海面的夕阳下颏我也见过,所有的街面和树影都是红透的光。我和我的爱人n走上一些僻静地方的石块路,街上只有我们二人同一些正要关门的商贩。我们身上都披着红绸。那些店门都很安静,因此那时候像是其他人都隐匿在夕阳下。

太阳在我们左边,和赤红的海一同在左面。一些发闷的微风吹过来,我手中的伞便摇摇欲坠。前方左拐的大下坡吸引了我,我合了伞,转瞬即逝地碰了

n的手，说了些语义混乱颠倒的话，然后朝着几米远的转弯跑去。那是个很长的下坡，极陡，路上全是石块，但尽头却是红了一片的天、日和海，彼此渲染着，渗透着，倒映着。我脚下太快，向下迈着大步，耳边全是风，颊上全是余晖。风和身旁的楼几乎变成胶卷"呼呼"地转动着，一些晾晒的衣服鼓起来。我冲过那些短袖和矮绳，奔向晃动的夕阳。

我远远地听见n的声音，但我跑得太疾，风刮得太大，他的声音隐没了，在我后面被止住了。

我似乎奔跑在海浪里，就像每次看到海浪朝我无意义地涌来，而我此刻也无意义地朝它去。于是，我陷入一种天翻地覆的稳定（这样的稳定并非跟随着我的身体，而是跟随着我的内心）中。我的腿拉扯着躯干随着重力、风力朝下疯狂地奔去，一大口气涌进我的嘴里，气流是拥挤的、狰狞的，直直地扑在我胸膛上，逼地我喘不了气——眼前绽放出一片向日葵花园，漫山遍野地绽放在阳光下形成晃动的金子，而我却是一名白化病患者，站在一通刺眼的光亮里——我两侧的景色流通起来，变成水流的形状在这一混乱中保持着几近匀速的模糊，在速度里以色块笼统地填充视野。

将到平地，我刹不住脚，直直地冲向海边的栏杆，上半身几乎全要前倾出去。一刹那，一股巨大的压抑和突如其来的深刻的痛苦直冲我心口，倏然间令我喘不上气，脑里面想不出任何东西，眼神只能盯着河里的波澜起伏。那些波浪被夕阳通通印成尖锐的赤红，一把把刀一样地刺进我的眼，封住我的口鼻，抑住我的思想。我的手臂触电般麻痹，那些巨浪忽然要朝我扑来，然而一刹那，我听见n的脚步声还有我的名字从背后传来。我猛地清醒过来，惊魂未定地离了栏杆，朝他笑着，抛去我一切的心情。他越来越近，当他喘着气、乱着发，到我面前的时候，我若无其事一般，继续说笑和前行。

而后，我渐渐忘了这件事，直到我回忆起走向沙滩的路途所看到的炽热,那份不安定的刺痛才在我心中苏醒。那是否是个暗示呢?是否从那一刻起我每一段回忆就已经在叫嚣着要得到重视呢?而我却一定要收敛起来留到如今,到它们再难以挽回的地步才开始意识到。现在,我时常被那股无时无刻不在翻腾的浪潮折磨,在一片赤红的苦难下。

我此时上年纪了,年轻的冲动与浪漫的少女情怀只成为仅剩的可炫耀的资本,我应当保存我的精力为死亡充分做准备了。我有预感我将会死得其所,我将得到一切我愿意得到的,死的时候毫无保留,也毫无贡献,一切从最初不属于我而被我占有的都会在那一刻回到它们本真的地方,只有这才称得上是我微小的付出。从父母喂我的第一口奶粉里,我踏向了波吕斐摩斯的山洞①;从吃下第一口烹饪的肉

---

① 希腊神话中吃人的独眼巨人。在荷马的史诗《奥德赛》中,经历过特洛伊十年鏖战的英雄奥德修斯于回家途中登陆独眼巨人聚居的西西里岛。他带着十二个希腊人为了寻找补给来到一个巨大的洞穴,那里正是波吕斐摩斯的巢穴。

开始,我便已经在无意识的情况下践踏自然法则了。我如此这样的心安理得,心安理得地认同教科书,心安理得地使用电子机械,心安理得地踩在柏油马路上,心安理得地相信上帝。社会把我本生下来就清醒的大脑搅得一团糟,如同考验我般让我从出生即在蒙蔽、阴影下生活,阻绝了我视线里一切的真实——直到在C城那阴郁的一个月(那一个月里,我才感到心灵的活跃,曾经我习以为常的、均匀分布的时间在那时候才出现了扭转与断裂,似乎我一停下来思考它们便从我身边离去,等我发现走在一片陌生的街道时,它们才看好戏一般回来),从十几年的沉睡中苏醒后,才使我与那些只将表面留在相机里的人划分开,让我在踩在栅栏上的动作里酝酿出那些浪漫的蕴意——得以向内观望人家的庭院。

——那是片多么美的庭院!那里的绣球花从播散下种子之始便享用着无偿的雨露和恩惠的阳光,如它深埋下的根茎,抓住那些褐土软沙,在地下穿梭蔓延。紫藤花树在这个院子仍荒芜的时候被预先栽种，如今，它的枝叶已经撑大如伞，紫色的花坠满了枝丫。一小片青苔就长在院子里阴凉处的石头上，包庇着石块，用全身吸附着石块，仿佛只有那样的坚硬才能让它在阴湿下感受到温柔的暖热。我并不时常主动回忆这个院子，只不过当我的丈夫n偶尔问我"鞋子在哪"的时候，我的身体就一下子回到那个满布着水气的、有不少别墅的海岸，自然而然看见自己充满活力地翻越进人家的院子。

"鞋子在哪？"我一生中穿过无数双这样那样的鞋，有印白花的凉鞋（我年幼时常常被电影里的女性形象所吸引，尽管只是路过客厅时对电视的一瞥，或是父母手机上浮动的图片，但那里面总根种着恍惚又亲切的关于白的记忆；于是，我童年的记忆里少不了一抹到处出现的白，也少不了穿白鞋而时常有的烦恼，由于心里永远存一处会弄脏鞋的担心，到处攀爬、游戏只得成为禁忌。这样的偏爱很快向上蔓延到服饰——我希望自己穿着白色的纱裙，无论长短。因此，在那个连记忆都少有的年龄，我拥有了一种不愿轻易又昭彰地暴露自己偏向的成熟思想，又或者孩子心里常有的想要伪装成熟。总之，我掩盖了那样的偏好——以一种充满稚气且毫无水准的劣质遮掩方式——最终仍暴露在父母前。他们觉得好笑，不懂我为什么不说明白自己的喜恶；而我越是藏掩，他们越觉得可爱。尽管那时候我恼羞成怒，心里充满了不能分说的厌烦，但如今想起来，我同父母一样觉得自己十分可笑）、有棕榈色的皮鞋（属于我热衷于模仿的青少年时期，缺乏自我认知，享受在法律、学校、家庭的溺爱里，毫无畏惧且满心躁动，时刻有参与法国大革命的热情，时刻又有包法利夫人的浪漫。一个复杂的弗洛伊德式的年龄，其中的情绪全是可以预知和意料到的，如今人们常称这样的孩子处在叛逆期。他们总觉得胳膊肘或哪里的关节瘙痒，想用力一甩，撞在床上；但有种力量又把四肢往回拉扯，于是，他们猛蹬着、伸展着，直到精疲力竭。那是对一切人来说相当不好受的时间，甚至现在往往引起我的深思：那一段时间真的同成长环境和过往经历有关吗？看起来似乎那段时间里所有的孩子都会走上这样一条暴躁又不受控制的路径，一个个都像饱含了蒙克的画）、有黑色的靴子（似乎是冷静期，我那时候终于开始读书了，仿佛是大喊大叫后的疲倦，是蛙泳后的自由漂浮。直到这之后，我才能开始分析自己的性格、早年的经历对我的影响、我受到的不经意间的碰撞和思忖，以及那些书是否平白无故地出现在我眼前，是否在遥远的几十年前便为他们的出现做下了铺垫。如果要做论文的话，我只能说从这个时间起始，我的人生才开始明朗，才和前面崎岖扭转、迷雾般不可猜测的时光有了联系，能提取出一些本性的品质）、有纯色的布鞋（我在两三年内颠覆以往，一切像马车直直地冲向田野、像鹰斡旋在天空、像疙疙瘩瘩的墙壁被泼上了平滑的油漆。这一段时期的变化太快,我似乎如智者直接悟到了真理般,脚后跟再也不像踩了根木条一样轻浮了,一切重新可控了,那些品德和自然的真实回到我的心中,深邃的理念也不再不可攻破了,似乎是醒悟了)。但那样一双鞋到底在哪?

几年前,在我还不曾为鞋子的问题所困扰时,许久不见的 c 邀请我去影院。我不知道有什么电影上演,于是看着那些海报:以橙色为主色调的——两幅,有一男一女——五幅,有三男一女——一副,有鬼和女人——两幅,有鬼和男人——一副,有街道花草——一副,有舰艇船舰——一副,有眼泪——两幅,外国引进——三部,有明星——四幅。她问我:"……film……"人群和音乐的嘈杂声(那是个人满为患的周六)压过了她的句子,像是布努埃尔[①]的

---

① 路易斯·布努埃尔,西班牙电影导演、编剧、制片人、演员,曾指导《一条安达鲁狗》《自由的幻影》等影片,在影片《资产阶级的审慎魅力》中多次使用将杂音盖过人物对白的手法。

电影。我对她说："……"我兴许也不是对她说的，因为在说这句话时我心里划过若有若无的无安全感的惊悸（我单靠着唯一听到的"film"猜测，对自己口里的内容不敢做保证），又因耳边全是噪音，于是只感到自己的嘴在开合，整个句子在空气里浮动流落着。这句话说完，我有些头昏，似乎看到"Fi—lm""f—ilm""fil—m""f—i—l—m"这些荒诞的、被拉长的词语不可控地浮现在我眼前那些画报上面，遮住变形的艺术字，遮住那些男人和女人，不可思议地使这样的乖谬狂妄地盘踞我的视野，直到我再也不认识"film"。因此，在这场猖狂的文字拼图里，我变成一个受害者。

脚下有阵风，我被送进了黑漆漆的走廊、两阶楼梯、电影院、座椅。光亮的画面刺穿那层壁垒，移动的图片被呈现在我眼前，椅子粘住我的背，我别扭地坐着。光常常照在我脸上，变换着不同的颜色，直到有一段长时间的灰黑色调（他们常用这样的颜色区别现在与过去)熏染住影院——画面是一片回忆里的墓园,淅淅沥沥的雨点(并不明智的渲染情感的方法),打着伞的亲人们围在墓口(镜头先是给了他们的背景,又斜着拍他们的脸),抽泣着看着棺材被放进土坑里。

后来,阳光明媚的一天,我也像电影那样,站在一群低哭着的人里,在墓园里看着c下葬。她的亲人里发出若有若无、此起彼伏的抽泣声;但阳光实在太充裕了,明媚到适宜大片地种植向日葵,以至于我站在一旁,无法对眼下的情景给予更多悲悯。实际上,在这样的夏天去世应当令人羡慕,毕竟"wenn alles hell ist, und die Erde für Spaten leicht"[①]。

站在炽热的黄色下,我撑着满身的热汗,反复回味c的一生:

我们在记忆尚无法保存下来的时候相识,但有

[①] 德语,意为"当一切都明亮,铲子挖土也轻松",出自贝恩,G.,德国诗人。

一个久存的记忆片段总提醒我——我们关系糟糕,也不应当与她为友。后来,果真,她开始逐渐暴露出与这个世纪相仿的无知和愚昧,被几件可笑的事物蒙蔽了心灵,稳步成为这个社会最不需要的,又或者是最需要的人。起初,我也浸泡在那些色素柠檬气泡水里,未察觉她的变化。但那些肿胀的气泡带我从瓶子漂上来,使我早早地摆脱了她。但那天同她去看电影时,我仍处于"正在漂"的过程中,对她的烦厌只有薄薄一层,所以仍可忍受她的口出不逊与高声调。不巧的是,我对电影的审美能力在那时也处于"正在"的过程,就像在一张白纸上四处如杰克逊·波洛克[①]的滴画[②]一样,覆盖上大块的

---

① 杰克逊·波洛克,美国人,抽象表现主义绘画大师,其创作不做事先规划,作画没有固定位置,喜欢在画布四周随意走动,以反复的无意识动作画成复杂难辨、线条错乱的网,人称"行动绘画"。此画法构图设计没有中心,结构无法辨识,具有鲜明的抽象表现主义特征。
② 滴画法(drip painting),把巨大的画布平铺于地面,用钻有小孔的盒、棒或画笔把颜料滴溅在画布上。

颜色，彼此之间有颜料桶未来得及抬起来而拖长的藕断丝连的横线，而整张纸仍看上去是空旷的，只有那几个分散的色块。"正在"则是我开始在那些大色块里填充小色滴，又在其中绿色、蓝灰色、淡黄色的色块上做了新的延伸和填补，但颜色与颜色之间的罅隙仍是空荡且醒目的。所以我去电影院，只是为了看一部淡黄色的电影——尽管淡黄色是她永远不会选择的（她要看的是血红色、橙色和劣质的紫色组成的电影，之所以仍同我去影院，唯一的原因是她欠我的人情）。她在我耳边呶呶不休地开那些针对电影对白的幼稚玩笑，让我不知所措，仍沉迷在"这并非她本意"和"电影真的有缺陷"的自圆其说的谜团里。此后，这部电影尽管仍保存在我的记忆里，但我将它抽取出来回忆的机会却少之又少，直到接到 c 的死讯，我才在晚年闲散却也充实的时光中分出一些精力思忖那些事情。如今，我的审美能力早足以使画填充满了，也早可以做出带有预言性的审美评判了，当年余留下的空隙里的颜色用甩笔和点滴的手法全部填涂了。于是，在前往葬礼的车上，我追忆这部电影，追忆那些黯淡的光线和树叶间参差的影子组成的镜头，以及法文的独白。它兴许是部拍摄尚可的文艺片——我在各个角度审视过它残余在自己头脑里的画面后得出这样的结论——这结论足以使我从当时迁就 c 的谜团里脱离出来——尽管技巧平庸，叙事手法传统，但这部电影不含她所说的缺陷；而她毫无审美能力，是俗人中不懂进取的那类。但我暴露在大屏幕下的时候，未曾得知她的劣根和无知；一切直到一年后才彻底意识到。事实上，她的无知持续了很久很久，直到她有了孩子后被世俗的社交和泛泛的母爱盖过，才让人不再那样觉得聒噪。她后面的人生极其平庸，再普通不过了：有着被人群主导的头脑、被学府圈画的知识面、喋喋不休的嘴、缺乏缜密逻辑的心灵，并且自以为是地将人与人之间的冷漠奉为真理。她将不被记住，就如那些她喜欢看的迎合市场的电影一样。人们对她的记忆将很快死去，就像用铅笔在高质量的灰色纸上点一个点，用橡皮擦去后，除了表上的分针外，世界没有任何变化；甚至由于那点太小，橡皮连渣屑都没有留下。因此，她来到世界上做的事情不过是间接宰杀动物、直接浪费水资源、间接侵占土地资源，间接砍伐树木、破坏臭氧层。总而言之，她悄无声息地对自然施加破坏，却以为将动物关在笼子里是保护动物，于是在下葬时消耗了最后一块木头后便彻底死了。

正如我年轻时的猜想一样，她的人生轨迹全掌握在我手里，以至于我对她活着的意义感到深刻不解，似乎在我预料到这些的时候她就已经可以死了。这样的念头我不会在葬礼上表露出来，毕竟参加她葬礼的也是前仆后继的 c，像浪潮一样永远不停息，直到最后一粒沙子填补了海面之后，他们也要化作水蒸气在天空里逗留一会儿。似乎他们的归宿尚是那狭窄的盒子，而高贵的品德和忠贞的信仰以及强审美能力不在他们人生可考的范围内。你若是那样问他们，他们会回答你："这有什么区别吗？最后不都是被装在小盒子里吗？"

为了验证自己的预言，我并未彻底切断同她的联系，我们仍偶尔见过几次面，每次我都装作亲近，让她仍以为我们是好友。断开联系后的第一次见面在餐厅，我那时候成为素食主义者，手里拿菜单只是障眼法——我仍在做迁就。她说出的话没有一个字能使我感到诧异，但我仍做出惊讶的模样。我问她"要继续考学吗"，她回答说"不"，接着如潮水一样把尽心准备好的理由托盘而出，语气让人听出她早已为此让自己站稳立场，说服别人相信她为了自己最大的利益做出了选择。我太容易看透这些潜在的心理状态，只不过实在毫无揪出某一理由做出反驳的脾性——毕竟她不会改正。

那时候，我看到外面的天暗下来了，以往在商场里是看不到外面的（他们为了留住顾客而使用的手段，让人在永远相同的明媚里感受不到时间的流逝），但那天我不知道从哪里却看得很清楚，或许是从角落的玻璃，或许没有什么缘故，只是我的眼睛那样看到了；后者的解释更称我心，因为我不像科学家一样对这些源头感兴趣，这片镀黑的天既然出现在我眼前，那它就理应出现，无论眼前是 c，还是玻璃。我感到骇怪，又感到满足。最后，我们在商场门口分手；背对她，我踩着硬邦邦的大理石台阶，感觉鞋跟要被撞坏。那时候我穿的靴子，一双在家找了很久的靴子，来商场之前它却突然摆在门口，彰显着自身的存在；它和天一样的颜色，单薄的漆黑，仿佛是先刷了一层厚重的白，放干后又淡淡涂了一层黑。这样的颜色压下了我心头的怅惘，我拿着宝贵的预言走上记忆的回旋楼梯，把它和奖状一同摆放。

　　尽管我把对 c 的记忆藏在仓库的角落，但来来往往我却总能看见c反复出现在眼前，甚至渗透进梦里。那天凌晨，我走在柏油马路上。那是被黑色浸泡的天空，在它达到最极限的漆黑时，我拄着拐杖漫步到海边。海雾弥漫，俨然无路灯，风料峭地刮，却听不见风声，只是和浪声叠在一起，显得愈加幽怖。那时候就像是电影结局，像是世界末日的通告，从月的光亮中透露出阵阵发怵的冷光，被雾隔在空中，弥散开，照不到海面去。于是遥远的海面混黑了，辨不出夜和海，似乎有那么一股幽幽的声音不知从哪儿传来。我站在岸边，和没有面部的c大吵一架，只觉得气冲在头上，想辩驳嘴又被海风封住，而她聒噪而单一的音调像一条麻绳一样吊在我的脖子上，令我窒息。她没有什么逻辑，单是凭借着高声和多嘴沾沾自喜，而我满腹经纶，无奈论据复杂且长，一开口就是半日的功夫，于是憋得脸紫红，说不出一句话来。那天晚上，年迈的我居然感到悲戚和无奈，任凭狂风把自己卷入深海，一堵墙一样的海浪腾空而起,冲着我的眼睑砸下去,把我从睡梦中冲醒。我赤脚走到窗户前,只觉得双脚麻木,身上冷汗嗖嗖;看着几个行人在夜里来回走,其中又有同他人结伴同行的、看不清模样的c。

几十年前,当我穿着靴子的时候,坐在咖啡馆里正在完成一部萨冈①式小说,看到一个穿着粉色运动鞋、彩虹色上衣、白色背带裤的c,梳着麻花辫坐在那里,用极无规矩的手法拿着杯子喝茶。那个杯子在她手里仿佛就是网球或者保龄球一类的球类,无法体现杯子应当被拿起的样子,只是被摇摇欲坠地托在手上。不久,在我的身后,穿着黑色T恤衫的c,白色T恤的c和黄色T恤的c一起坐下,她们的声音刺耳到我只想到肥胖和黝黑这两个词。还有两个相对沉默的c坐在另一角,她们走后又是三个c紧接地坐下,其中一个染着橙色的头发。

---

① 弗朗索瓦兹·萨冈,法国著名的才女作家,代表作《你好,忧愁》。

这样怪诞的场景在我的人生中数次出现，年轻时次数多，年老后慢慢少了。但当我穿着单色印花布鞋走进咖啡馆时，仍见到了消瘦又高昂的c，接着又有捧着无聊读物的c，都是和我穿靴子时见到的c一样的年纪。再老一些后，我不再经常去咖啡馆，也就不再见到多少的c，但走在路上，路过那些纪念建筑时，仍能看到一群拥有永恒年龄的c三五成群地走过。但此时，我也多少有些恍惚，只因身边许久没有c的相伴，以至于我看到c时居然有种普鲁斯特式的追忆，但每想起那仓库角落的记忆给年轻的我带来的言不由衷时，我便沉寂了。

那次在梦里的无力愤慨实际上在我年轻时曾多次出现过，同样是与c，在16点27分的时候，以动物权利、黑人运动、性别平等里任一话题展开的辩论。这些辩论往往化作争论，原因归结于c无理的逻辑——使人不能理会的逻辑。只是记得那一刻曾闻见肉桂粉的香味，还有蔓延至全身的脱离控制的愤怒。冷静下来后，我都曾指责自己不应当为颠三倒四的逻辑生气，但每次遇到这样的 16 点 27 分时，我的心总会躁动起来，舌头火热起来，一股飓风冲上脑筋——于是便又被控制住了。在那一段时间里，我仿佛成为一个有口无舌的呆子，只是感受到自己颤抖的喉咙。当那一阵热风被平息后，我才注意到指针仍然指向 16 点 27 分，仿佛一切被压缩后又拉长，使得那一阵子一切在地板上生长出来的东西被吞噬，在我眼里只有它们自己的颜色留在原有的位置，而形状早已扭曲，甚至灰飞烟灭。于是，那样一股不知从何而来的力量让我停止这样的话题，拿更高的声音制止一切争论的继续，但 c 却自说自话，抛出更无逻辑的句子，在我耳里甚至是连主谓宾都颠倒、句点逗号都用错的抽象。因此，我才被迫注意到手边的草莓奶昔，上面浮了一层因榨汁机高速搅动而掺进的空气，形成一层像奇亚籽一样的小气泡，鼓鼓囊囊的，在那无限放长的时间里一颗也没有破。我本不觉得它甜腻,直到 c 实在令我恶心头昏,让我看见那些小气泡便感到憋仄,似乎淡粉色的液体里掺进了黑色的墨水,和阿尔弗雷德·雅里①喝的鸡尾酒有相似之处,但我并不喜欢。总之,我无法将那些墨水喝下肚,就如同我无法接受 c 漫长而又难听的声音,只能坐立不安地等着她啰唆完,然后打算立刻离开那个永恒的 16 点 27 分,去清洗我的耳朵和心脏。

我吃了很久这样的亏,直至那一个出不了门的春天,我才下定决心再不理会,从此但凡听到这样的话总是急急忙忙走过,抑或直接打断。起初仍是痛苦的回避,时间一久便转变为习以为常了,这样的习以为常也依旧是在我摆脱 c 后的又一个二十年里才逐渐形成的。

---

① 阿尔弗雷德·雅里,法国著名小说家、剧作家、记者,被视为超现实主义戏剧的鼻祖、欧洲先锋戏剧的先驱,喜欢喝加了墨水的鸡尾酒。

那时，年轻的我因情感陷入的一个值得反思的不快，而在那很多年以后，当我平躺在床上瞪着眼睛的时候，仍会回忆起当年和那个男同学在深夜的月光下水乳交融时的情景，以及次日火车轰鸣般的懊丧。这股懊丧袭来的触动比当我得知巴黎圣母院坍塌后的触动还要大，大到我甚至都可以看见它的体积——似乎是一个抹面不光滑的圆形，有被人用手用力地抹了一把的痕迹，凹进几根手指状的带锯齿的圆柱，白色的表面被黑墨洒了一道飞着的直线，淅沥地流着墨滴。而对于那来说，烧毁的巴黎圣母院所呈现的不过是一个拇指大的黑色方块，四角的棱是那样锐利，使得它在我心里永远别扭地挤在一堆棉花糖似的回忆之中，不为它的棱角做任何妥协。它们二者有一相同的地方，我只记得是我最后无可奈何的态度：如同春天石楠树被锐利的风吹掉的绿色叶子，风过去的时候命令它落下，它便掉落下来了，而那阵风又必然不合时宜地从西北来，一路上卷携了高山峻岭的冰雪和深山密林的湿气，俯身汇成一股如军刀一般的小风直逼着那段嫩绿的叶茎割去，在一批亲眼看到一片绿叶掉下来的人们心里掀起狐疑和绞痛。但他们走后，再来看石楠花的人对这个场景的印象不过永远是：一颗翠绿茂盛的石楠树以及一片在那里许久的落叶，其中再也不包含任何负面情绪的波动，只不过把这当作情理之中了。于是，当我对巴黎圣母院被烧毁一事沉默了半天，直到下午，才被自己的"绿叶说"沉定了心事。我看到窗外的雨，只意识到自己也被镶嵌了进去，像一串挂在屋檐的水珠中的一个，混杂着尘土和砖瓦的泥沙，从不知何处的天上掉下来，落在树叶上，又流到屋顶。又有难以计数的雨珠也如此掉下来：云的西边—树冠—鸟巢；云的上面—路灯；两片云之间—电线杆—狗窝；云的东面—黑加仑树—苔藓；云的东边—屋檐—空调；云的北边—枫树叶—枫树枝干；云的角落—屋顶—垃圾桶；云的南边—

铁网；云的南面—柠檬树；云的上面—空调机箱—废旧沙发；云的表面—摩天轮—铁扶手—楼梯；云的上面—帕拉第奥式建筑；云的东边—红瓦—自行车—脚踏板；云的西边—大本钟；云的西边—轿车—后视镜—轮胎；云的南边—榆树叶—雨刷；云与云之间—枫树叶—猫；云的上面—木栈道；云的表面—摩天大楼—玻璃窗—遮雨棚；云的左边—卢浮宫的玻璃；云的上面—树叶—木椅；云的右边—霓虹灯—钢铁；云的表面—伞—烟头；云的上面—羊毛；云与云之间—屋檐—招牌；云的上面—排水孔—垃圾桶；云的右边—光秃秃的树枝—盆栽；云的前面—巴士；云的前面—广告牌—宣传海报；云的上面—伞—鞋子；云的表面—手机屏幕—雨衣；云的左边—旗帜—铁杆；云的左边—缆车顶—雨刷；云的前面—灯笼—外露的窗帘；云的表面—木窗户—小垃圾桶。最终都流到地上，在黑加仑树、屋顶、摩天轮、枫树、霓虹灯、招牌、缆车、灯笼、广告牌、大本钟的影子下被土地蒸发；在排水孔、垃圾桶、苔藓、楼梯的地毯、旗帜、羊毛、盆栽、外露的窗帘里被纤维和小孔吸收。但当我和一串雨珠并排在屋檐时，我们彼此都无法选择落地点，无法选择经由什么物体，无法选择被土壤还是针织物吸收；并排在那里的，每颗水珠有不同摇摇欲坠的程度，而屋檐上又有不断从不知何处来的水珠从那些倾斜的砖瓦上滑下来，用力推我们，让我们变得更圆润肿胀，汇聚更多的泥土。然后，我们抓不牢屋檐，滑到玻璃上去，在玻璃上留下很长的一段水迹，不规则的、有棱边的、非弧形的水迹，突然在某一点受阻力止住了，直到后面又有不断涌上来的水珠推动着，最终崎岖地走完玻璃的长度；在玻璃上，我们也和其他的轨迹交汇，交汇了的就一起走下来，在窗框的缝隙里停住，大的水珠却涌出缝隙，流到墙壁上，然后刻下一道比墙壁略深的印迹。我在屋檐上尚可以目睹这些大水滴在墙上蹒跚地移动，却与窗户上那些水滴形成了不可视的角度,看不见它们如何流动。有时候,偶尔一两滴雨因为疾风而从叶子、路灯或电线上直接俯冲到墙壁,借着那些已经刻下的印迹继续流下去。我尚未遇到疾风,在屋顶和屋檐上耗费了许久的时光,却也没有风或是雨来推动我、摇晃我,我的迹象也不那样的可预知,不如那些直接滴落在排水孔的、直接滴落在猫毛上的、直接滴落在草丛上的雨滴,此后都注定了。

我少女时代的钢琴就放在下雨的窗前。下雨的时候,我坐着弹三首梨型小品①,单单为了看雨而伴奏,又或者掩藏看雨的真相。总之,我的手指在那些时候很轻盈,被从窗户开着的缝隙吹进来的风裹挟着,按在琴键上,同时乐声从里面渗透出来。那时候的琴声潮湿又懒惰,在琴箱里乱窜半天,最后

---

① 法国作曲家 Erik Satie 的代表作。他的代表作品有钢琴曲《玄秘曲3首》《裸体舞曲》等,以率直质朴的音乐风格著称,其音乐观点对现代音乐有举足轻重的影响。

从那一点琴板的罅隙里钻出来，弥漫进地板和木框里。通常在这样的天气里我选择不开灯（也并非选择，只是我被种种因素要求不去开灯），所以可以在阴暗又万籁俱寂的环境下观看费里尼①的电影。我所在的城市并不多有雨天，因此，我对于每一个雨天如同对待珍珠般珍惜，从不让生活琐事耽误了它们，因为这样的天是注定要让人写作、看电影、阅读的；如果在深夜两点开始下起雨，我的器官也会有所感应般地使自己醒来，让我面对着白垩垩的墙壁擅自清醒，随即不由分说地进行那些雨天的活动。这是我每个夏天最翘首以盼的事情，即便一个月不落一滴雨我也不会因此感到忧心，只是当作顺其自然的美意，也去愉快地度过炎夏酷暑。但当午后一两点钟的阳正浓的时候，我往往被说服去坐在窗边的藤椅上，开着被照得炽热的窗读一本泰戈尔的诗歌集。

---

① 费德里科·费里尼（Federico Fellini），意大利电影导演、编剧、制作人，代表作《八部半》。

那些文字实际并不真的进入我的头脑,它们只是垂吊在我的眼帘上,一些热情温暖的、散发出橙光的词语飘飘忽忽给我一个印象,让我把自己与窗外无休止的蝉鸣融合在一起,感受一些时间永恒的魅力。所以,午后和雨天一样,遇到真挚的阳光我总也不愿用午睡去耽搁。

只有在经历这些时光的过程中,我是感到摆脱了纠缠在一起的、刻印在我名字上的必然性的。并非说我在那一段时间里如同火车脱轨一般脱离了桎梏,而是在那样的一段时间里我感受不到任何束缚,在精神上得到放松。这时的我才能对一切现象界①的事物有所忽视,才能上升到对空间和时间有所感知的世界里,而这一宝贵的时间只是从我摆好水果,换上宽大的袍子,在太阳下坐好才开始,直到回过意来看的第一眼表盘而停止。因此,在这一片段里,

---

① 现象界是18世纪德国古典哲学家康德的基本概念,意指人类意识的物质世界,也就是人们所认识的实在界。

我也成为物体被放置在那里，同我所共处一室的其他任何物体是一样的、完完全全平等的。我们都有自己的体积、密度、长度，甚至我们互相从不同的角度被观察；正如我面前的圆木小桌子，它光滑的玻璃上反映出我的胳膊和手，还有一点我的脖颈。而我看向它时，却以一种立体主义①的眼光，在单面的世界里看到它不同的层次和平面：率先可以看到它深橡木色的雕花桌面，紧接着是桌面中间凿出的、放了一片小玻璃的圆孔，再有就是玻璃水杯，泡着金银花和一片漂浮着的柠檬，向下看就只有桌腿和垂搭下来的象牙色镂花桌布——这便是第一眼看到的面。如果盯着它看，你就能看到它被透视法隐没的面：例如圆桌另一头半蔽着的桌腿（原本只可以看见一点桌脚，如此便可以透过圆桌面看到一整条

---

① 立体主义（Cubism）是西方现代艺术史上的一个运动和流派。立体主义的艺术家追求碎裂、解析、重新组合的形式，形成分离的画面，以许多组合的碎片形态为艺术家们所要展现的目标。

木色的桌腿)、反面的桌布(颜色比直观上能看到的桌布要深,只能说是看见了桌布形状的阴影)、水杯后崎岖的桌面(铺盖着桌布)、圆桌的另一端。再然后,如果我对物质和化学甚是喜爱的话,可以看到那些藏匿在桌布里的棉线的组织,木头里的纤维素和玻璃里的二氧化硅。但我通常只让它在我面前将体积全部展开,像毕加索一样,对后面的物质成分与化学元素视而不见。那时候,蝉声或是雨声单调而反复着,完全无法流露出时间正在流逝的讯息,只有当阳台的迷迭香枯死,当盛放紫阳花的花盆爬上青苔,当木箱和衣柜腐朽,当玛芬蛋糕酸臭而招致蚂蚁,人们才能亲眼看见到时间的消逝。但是由于某种原因(比如当我在上学期间有作业的,或即将迎来考试的周六日里),我总会在开始这段时间时感到局促和不安定,但仍惴惴不安地以一些尚有说服力的理由(例如要劳逸结合、考试内容并不难、耽搁一会儿不会使我的任务被拖延等)让我开启它,紧接着的这段时间就不同于真正的"脱离桎梏"了，由于隔一段时间看一眼表的行为，我无法真正投入到时间里，于是这段时间也变成了我漫长生命里的"大部分时间"（即仍时刻谨记和操行着的被以往和将来控制住的时间和行为）。

去闻一朵花的香气并非能让我遗忘自己的规律，那反而会让我停不住地思忖闻花这一动作背后的原因，再从原因追溯到种种起因，从起因最终追求到根本，又在此基础上放眼未来可预知的事，使得我闻花这一动作在我的生命里融会贯通，如同人们现在看到法国大革命在历史上的必然性一样（我把烧掉的巴黎圣母院也看作必然，只是这非历史事件的必然）。如果我死后有人整理我的生平，他们应该会注意到我在这一地点、这一年龄、这一时间闻花的必然性。

我不确定自己是否出生下来便携带着浪漫主义的种子（如今在探索本质的过程中，大部分事物我都可以从童年的一两件事上找到，比如童年里穿着红色格子裙在舅妈家的院子里无视母亲的叮嘱和一只未成年的雪纳瑞嬉闹了半个小时的趣事，让我如今在成为一个动物权利捍卫者的路上越走越坚定。这来源于儿时我纯善的品质——我看不到它是否有会弄脏我裙子的可能性——即便有，但我坚信对于那时候的我来说，仍会在这半个小时里和它平等地快乐着；我也在毫无判别能力的情况下坚定母亲对狗的嫌恶是错误的：她用细菌和狗毛做演讲，企图打消我的乐趣，并用高声和脚驱赶那条可怜的、围绕在我身边的狗。我用未染上社会等级风气的童心坚定了一个那时尚未知晓的概念——万物平等），但唯独一些事情偏偏卡在了我记忆模糊的凹槽里，被一些重物和尘土压着，就像度过的漫长的白色鞋子期和皮鞋期后，到头来对于黑色靴子期之前的事情却一点也不记得，仿佛十岁到十二岁记忆片段的数量与三岁到五岁的相比没有增加多少，即便有也只是呈个位数的增长,并不成函数。我的生命在无形中像是被缩短了十二年,这十二年却无异于把褴褛之年放长,仿佛我活到了十二岁才真正出生,真正成为一个"人",在此之前不过只是胚胎。于是,我被卢梭激发出来的浪漫主义情感在十三四岁开始像蒲公英般散落在记忆草坪的阴影里,在之后的几年愈长愈猛,竟有见缝插针的趋势,像蘑菇一样在每朵花、每棵树的暗影里长满了。但这些蒲公英散发出杏酒、玫瑰酒、桃子酒、梅酒等不同的酣甜,以至于我平日里为了避免变得醉醺醺,只好远离那些花和树,行走在平坦而草木茂盛的地方,在被圈框的由母亲的话垒成的石头路上,极其偶尔的时间里才去树下一闻酒味蒲公英的芳香,减缓我双脚因时常走在石头上而导致的酸软。我常常在一段漫长又无事的假期里尽情发挥我的浪漫。在咸湿的海岸翻越别人家的栅栏时,便是在毫无压力的暑期中奉行一种无拘无束的浪漫,尽管这样的浪漫并没有把我带离现象界（因为我的法律道德感太强，无法心安理得地让自己在别人的花园里闲逛，于是只好悻悻离开），反而过后对自己掌控一切、不肯松散的理智感到气恼，气恼这似乎钦定的一个现实——我老了后无法像电影里的老人一样向车上砸去一颗鸡蛋。

那个下午，我向我可怜的哥哥搭在海边的帐篷走去的时候，心里尚未有他大怒的影像，只有像风吹过一整面墙的爬山虎形成的绿色涟漪一样的祈愿，希望他们彼此度过一个风平浪静的午后，不出现眼神之间的冷漠和互相不搭腔的窘况。我去到他们身边，坐在帐篷前的沙滩垫上，听他们说着被海浪打散的若有若无的对话：

"……姑妈多久后才去上班？"

"哪一个姑妈？"

"就是那个……胖屁股的，你见过的，上个月我们聚餐，她做了中国菜。"

"从……是刚刚……我……有。"

一阵突然的大风。

"一……后……"

风持续着,我看见有一个人的未插牢的伞被吹斜了。

"鸡……冰激凌(我想我听错了),为什么关心这个?"

风有些小了。

"没有什么原因,随便问问。"

然后,他们停止了对谈。

我从帐篷里拿出一本托马斯·曼①的著作,淡绿色封面,已经翻译成英文的。那时候,种种电影里的场景控制着我的心和我的动作,于是,我对它们保持着和善的妥协。我找到书签夹着的那页,将硬壳书皮放在自己重合的双膝上打开,以一种看似自

---

① 托马斯·曼(Thomas Mann),德国小说家和散文家,20世纪最著名的现实主义作家和人道主义者,1929年度获得诺贝尔文学奖。

然实际却故作姿态的姿势坐在沙滩上看了几段文字（那几段文字在那一章节里只起到过度作用，不提供什么信息与内容，只是传达出一种心理感受。尽管我的眼睛一个字一个字地跟上去，脑海中并没有浮现出什么印象，只是干巴巴地当作海绵一样拧那些句子。在这样的情况下，托马斯·曼的伟大著作只是被我当作了道具。对此，我含有歉意，但依然保持那个姿势不动），随即听到我的表嫂在打一通由于风声太大而显得荒诞的电话："纺布和蕾丝……车不会倒……警察会那样做的……有通道吗……我的弟弟……玫瑰花和雏菊……"没来得及听完，便看到我的堂弟穿着泳裤从海里跑过来。姨妈立马从白色躺椅上站起来，拿了一块白色浴巾兜住了他。我害怕他把沙子溅到我的书上，于是收回书，兀自站起来看着她为他抖落沙子。这个时候，我耳边又添加上了我哥哥妻子的声音："没错，就是那样，等我星期一回去的时候再聊好吗？谢谢，再见。"她是个Q城人，说话带有标志性的南方口音，每个尾音都有上挑的意味，让人想起热带倒挂在树上的猴子，只是缺乏热带风情。我在回忆里看着她，总在她身上看到同我哥哥一样的悲悯，这份悲悯并非属于他们自己，而是我为他们后面的决裂而提早添加的标签，以便能以每份情感的颜色划分身边的人。

那时候的我看起来那样可爱，披散着微微卷曲的栗色头发，迷人地坐着。不知为何，对于这段回忆我的视角永远被搁置在飞翔的海鸥上（就像对于我童年在幼儿园时的一段回忆，三四岁的我站在教室门口，母亲——我只记得母亲站在后面，但对于她的模样，包括衣服的大致颜色都记不起来——弯腰在我身后。老师看到我，走过来叫着我的名字说"早上好"，我却很童真地说"我的名字是小老鼠。"那时候，我很喜欢《猫和老鼠》里的老鼠Jerry，但在人生的后七十多年里我却更喜欢Tom。在这一整段记忆里，我的视野一直从幼儿园老师身后和我齐高的积木屋发出,画面一半给予了老师走过来的腿——她穿着宽松的藏蓝色牛仔裤,在那时是很朴素的款式;另一半是远处我和模糊的母亲。在回忆这段时,我一直是保持着从其他地方冷眼目睹自己的角度;直到后来,母亲不断地、一次次地提起这件趣事时,我脑海里的画面才不知不觉地从那个积木屋转到年幼的自己身上:画面的左半边是我因身高不足而最多能看见的老师的上衣下摆,和她背后米黄色的积木屋;母亲在我身后虽然看不到了,但有那么一种立体主义的构图使我仍能看见她的腿。右半边我没办法想象到,是一团主要由绿色地垫、各色积木,以及其他孩子们的衣服交织起来的模糊的色块,就像看万花筒一样),从几米高的上空俯视我的发旋和裸露了大部分的腿,接着俯冲绕圈,看到我收紧的棕榈色皮带和身后的遮阳帽。还能看到其他人的伞、躺椅、帐篷和毯子,都纷乱地散落在沙滩上,颜色不尽相同。现在,我也不可能再找回当年青春的性感了,尽管气质和优雅尚存,但那种带有 California 式的感觉却是流失,且必然随年龄而流失了的。所以,我对着回忆里的自己,赞叹年龄的美好,像奥森巴赫①一样留恋那样的精致和曼妙,甚至在看照片时竟把第一人称代词错用成第三人称代词的"她"。这一点错误无伤大雅,为了同看照片的人描述准确,省略一些啰里啰唆的时间词,我时常用"她"来代指"那个时间的我"。于是我想,如果她在那时候也像一些同龄的少女一样读一点法国爱情小说的话,一定会在这样的年龄里任性且放纵地用那股美国式热情,体会一次短促而喘不过气的青春恋爱。只不过,她早在更早的年龄里用德国和英国的哲学稳固了心智,于是,任何的纵脱便被动

---

① 奥森巴赫,托马斯·曼著名的中篇作品——《魂断威尼斯》中的主人公,描述奥森巴赫在威尼斯旅馆遇到美少年塔奇奥之后,对方宛如希腊雕像般的容颜才令他浑身战栗,浑然忘我地沉醉在激动的热情中,他的理性、尊严与知识在对美和情感的追求中被击溃。

地从她的人生轨迹上移除了。她在本想肆意的暑天里意识到了自己理性牢不可破的事实，也就不再做出任何高于暧昧的事了，转而把青春期的躁动投入到那些极耗费精力又富有意义的事情上——拍一部短片电影。

她的手先是在一个周内摆动着写下了一个先锋派的实验性剧本——我把它摘抄出来，修改成如下的篇幅：

第一幕

［法语独白（成年女性）］：哦，好吧，看看她！她在火车上做什么？……（由呼吸构成的短促间歇）她的目的地呢？你看她坐在那位子上一动不动地紧盯着窗外，难道那些枯草是什么景色吗？难道她愿意在这枯燥又令人厌烦的火车上花时间眺望而不做任何事吗？……（略长的停顿）这太荒诞了……我的意思是，通常地说，我们会做些什么，对吧？可

能是读福楼拜或者普鲁斯特,或者什么能让我们的头脑在枯燥的火车上保持清醒或昏睡的。但至少不是盯着那讨厌的草地。如果她要从里头看出些端倪或者情感来,她一定是要白费力气了。

……

Qui①,看外面的天气,时间还很早对吗?(沉默)……是早晨,我猜是五、六点之间。真是神秘。

……

看到刚刚经过的那个房子了吗?那和Verney的家很像,我的童年玩伴。我们去同一个学校。

偶尔,我跑到河边——一条为未名的小河,在他家的小屋前几米开外。当河很轻的时候,我蹚水过去;当河很重的时候,我远远地望着。他和他父亲有时候出来锄草,他穿一件棕绒裤、白衬衫,戴一顶布尔什维克式的帽子。我几乎不同他搭腔,我

---

① 法语,译为"好",语气词。

装作看不见他。

他邀请我去他家里吃晚餐,他的妈妈厨艺很好,爸爸通常外出。我们吃一些烤鱼、烧鸡,还有一些汤。我每次不吃得太饱。饭后,我们到他的花园里,坐在草地上。草地的前面有光,有一些从天空来的光。有些来自星星,有些来自月亮,交错着,有一些光影就亮,有一些光影就暗,它们稀稀落落洒下来,洒在地上。夏天的时候有风,吹动着草,草发出一些唏嗦声。这时候,我说:"瞧,又有老鼠走过去了。"

我经常去他的姑妈家。他姑妈家的房子得到了很好的装饰。落地的长窗,在阁楼,玻璃瓶里放着橘瓣,还有橘子皮,在阳光底下。她有一个阳台,向外凸出,半圆形,乳白的栏杆。一个摇椅,放着不同颜色的线团。他的姑妈只会织围巾,纯色且不带花纹。

……

我曾经看到过一幅收藏在西班牙皇家美术馆的画,忘记了作者的名姓和画的名字。一个女人背对着画面,在被落地窗的条框切割了的阳光下织围巾,外面是树、树影,和纷落的树叶。

她家的客厅里挂着丹麦绘画的复印版,画里有绣球花、脚的模型、鸟笼,和镜子。有的时候,他的姑妈做一些苹果派让我拿回家。后来,我很少去她家。

……

看,她到站了。她在站台上。我很喜欢站台,像《圣拉查尔火车站》①,但这里没有白烟。人群像沙丁鱼一样,移动着,寻找着。

她打了车,外面天气很不好,阴暗潮湿,但无雾。

……

---

① 《圣拉查尔火车站》是莫奈于1877年绘制的一幅表现巴黎火车站的画作。

这个司机开得多慢,他是有意?

……

检票、安检、入场……她在剧院,在包厢。

[独白结束]

第二幕

舞台凸出来,从漆黑一片当中凸出来。

这些演员戴着无脸面具。白色,眼部镂空的面具。

他们彼此,双目不互相注视,动作之间没有因果。他们的嘴一张一合,但不吐露什么声音。

他们的观众,一个一个,大脑被黑色的麻布包着;他们的观众,一个一个,身体被丝绸衣服包裹着;他们的观众,一个一个,光脚被皮革覆盖着;他们的观众,一个一个,脖颈被珍珠粉饰着。

观众们拿着观剧镜,张开大嘴用力发笑。他们评头论足,争论戏剧的好坏——舞者的裙子不够轻盈,毁了剧作;舞台的光线不够发亮,演员们难以被看到。

他们赞扬它开辟了时代;他们讥骂它恶劣至极;他们讽刺它没有思想;他们垂青它内容丰富;他们嫉妒它处在舆论中心。

女演员要谢幕了。男演员要谢幕了。

主演要谢幕了。配角要谢幕了。

女演员拿起枪来,对准自己的太阳穴。

观众们拿起枪来,对准自己的太阳穴。

她按下扳机。他们按下扳机。

舞台上没有血。哪里都没有血。

演员们又开始表演了。

观众们又开始评论了。

第三幕

舞台的幕布升起来,演员们都站到幕布前。

幕布里头有个太阳,一个不足轮胎大的太阳从我眼前的河里升起来。河不是长且湍急的,它像一个湖,没有光的折射,没有波浪,很短,但它是一条河;太阳不是光亮而刺眼的,它像一个蛋黄,没有光闪烁,没有立体的形状,很小,但它是一个太阳(像 Olafur Eliasson[①] 在 the weather project 中做的太阳那样)。它们都在我眼前,仿佛我伸手就能够到。

太阳升到离开水几公分处停止,和远处草地的地平线一样高。接着,它失重一样竖直垂落,掉到河里,溅出不小的水花,空中有水汽蒸发。过了一会儿,它又升上更短的距离,接着又掉落。如此反复两次,河突然干涸了,水位直往下降,太阳最后升到了天上。

紧接着,一丝预知的紧张窜过空间,视野往后退;一片锥形的银杏的叶子骤然掉落,从上到下,一片不留。这时候,没有向上的摩擦力,有的只是

---

① 冰岛艺术家,使用镜子和光线制作艺术装置而让人感到置身其中。

重力,它们垂直地掉下来,像一块厚被子。

我们被叫去坐船。我们几个人上了船。两岸都是樱花,落得满河都是。此时的河也不是先前的那条了,它们通往不一样的方向。有人在河岸吟诗,我们草草地记下来。

第四幕

[法语独白(成年女性)]:那是部相当长的戏剧,对吗?……(很久的空隙)我不知道,我当然不知道她的感想。(一个逗号的停顿)不,我不想再看了,她应当回家了。天已经黑了,她坐上计程车了,到此结束吧。

接着,她生来不通机械的脑子在相机上费了一番功夫,然后又学习了如何剪辑。她的目光看得很远,在相机的使用上打算从头学起——比如从卢米埃尔两兄弟①发明的电影机开始。然后,她又想到最初拍摄电影的那些人都曾拆卸过摄像机,她便想像巴斯特·基顿②一样看它的内部构造和运行原理,看自己是否受到启发从而创造出新的摄像技巧,或者像梅里爱③一样意外发现剪辑的效果。爱森斯坦④的文章合集也被她买回家,从那一堆蒙太奇⑤的分类里开始构思巧妙的方法,然后又找出《午后的迷茫》⑥不断地看。她将一百年电影的历史在自己身上集中

---

① 路易斯·卢米埃尔(Louis Lumière),法国电影发明家、导演、制片人,和兄弟奥古斯特·卢米埃尔发明了电影摄影机。
② 巴斯特·基顿(Buster·Keaton),美国默片时代演员及导演,以"冷面笑匠"著称。
③ 乔治·梅里爱(Georges Méliès),法国演员、导演、摄影师。一次偶然的事故使梅里爱茅塞顿开,得到了"停机再拍"的剪辑方式。
④ 谢尔盖·爱森斯坦(Sergei M. Eisenstein),出生于俄罗斯里加,俄罗斯导演、编剧、制作人、演员、作家、剪辑师。
⑤ 蒙太奇(Montage),是法语音译,原为建筑学术语,意为构成、装配,电影发明后又在法语中引申为"剪辑"。
⑥ 《午后的迷茫》是美国女导演、编剧、制片人玛雅·德伦(Maya·Deren)和丈夫Alexander Hammid合作的代表作。

重演一次，截止到让-皮埃尔·热内①的出生。

等到了冬天，灰色羊毛围巾缠在她的脖颈上，摄像机的黑绳绕过她的后颈，一身棉服像香蕉皮一样包裹着她，让她在光秃秃的地上跑得很奋力。她在老式火车的胃里拍摄，在蠕动的车厢里走来走去，和免费雇佣来的女演员（她哥哥的妻子，那时他们尚未决裂，而她又富有耐心）等待窗外景色的转变。晚上，她叫上她的五个亲戚和父母的八个同事，还有大学里的十二个同学，在应允了周一向外租借的城市剧院里，让她的三位男性亲戚穿着上半身的礼服（提前要求他们带来的）坐在剧场里：一位穿着墨绿色短裤的坐在最后一排，一位穿长裤（她的堂哥）的坐在中间，一位穿花纹裤的坐在角落里；让她哥哥的妻子（穿着颜色鲜艳——由于使用黑白的镜头，因此对色彩没有要求——但款式复古的礼

---

① 让-皮埃尔·热内（Jean-Pierre Jeunet），法国电影导演、编剧、制片人，代表作《天使艾米丽》《漫长的婚约》《尽情游戏》。

裙,沾水梳了头发,戴着反光的假钻石耳坠、项链以及镶有真钻石的结婚戒指)坐在中排中央;让她的姨母(戴了惹人注目但并不俗气的珠宝,穿着大学毕业舞会时的礼裙,那种有着和戴安娜王妃的婚纱相似的泡泡袖)坐在最后一排靠近中央过道的座位。她让她的十二名同学换上二十世纪中叶上流社会的着装,让他们在西装裤子上别曲别针,在裙子后扎回形针,在锁骨下的小破洞上别胸针;又因只拍他们的斜侧脸,于是让他们把扎不起来的头发全都一股脑收进另一边,不管那些像刺猬一样向外刺出来杂发。她让他们分散到前排和后排的座椅。那八名中年同事起到沉稳画面的作用,都坐在前排和中排,也穿着礼服。她让在她指点下穿得最像模像样的父母到前排并列坐着。然后,她为所有人在头顶蒙上一层黑纱,对于那些长相干瘪,看起来不太像资产阶级的,便干脆把黑纱多围两圈蒙到眼睛。接着,她和暗恋她的导演系男孩撑着相机,维持些难以支撑的姿势拍了一个多半小时:柔和鼓掌的镜头、七嘴八舌的镜头、正襟危坐的镜头、拿起枪的镜头。到了中午,她才把他们统统放回家,留下一个关系较好的女性友人 r 当作她的演员。r 和红脸男孩 w,还有导演系男孩穿上她租赁的中世纪表演服,在台上表演迟钝的动作。这一幕拍到下午七点钟,外面的光景已经不那么明亮了。石头路支撑着他们三个人离开的步伐,直到柏油马路,他们才分别。夜里,她审视这些片段,又删除了三十多个,留下那些可用于拼接和等待商榷的。第二天,她哥哥的妻子夜晚有临时的工作,无法拍摄。然而她急不可耐,率先对一开始拍好的素材进行剪辑,并用一根电话线和自己的法语教师通话,录出了清晰度不高的法语独白。第三天,她如愿以偿地在空荡的剧院门口等着里面巴兰钦[①]的《火鸟》结束,以捕捉

---

① 乔治·巴兰钦(George Balanchine,1904—1983 年),美国舞蹈家、编导。

观众蜂拥出来以及出租车驶过的场面。第四天，她的素材都完美了，接下来半个月都交予那些背景板的制作，主要是那些忽大忽小的纸太阳。最后，她采取了道具加远景的模式，用定格动画把大大小小七个太阳悬挂起来，不停向上向下拉扯，拍了几百组图片。最终，电影完工的时候接近春天。裹了她一冬天的棉被被卷起来晒在阳台上，像每个世纪所有人家里的棉被那样，在吹了几千万年的风中不时地动一动。她那盘刻印了的光碟和电脑里的文件夹只是换了先进科学载体的创新和尝试，她心里的情愫和制作时的新鲜感贯穿了人类史，她所做的一切都在重复前人，就连做这些繁复事情的年龄也是几乎相同的。她未尝不知道这些，只是她已经不再乐于像十六岁那样摆脱和冲撞，而是接受了无谓的重复，决定以后蓄势待发，用这些反复堆积出一些略有意义的作品。

后来，这部半小说式的剧本因为地心引力而一动也不动地躺了半个世纪,其间只被我拿出来过几次,随后被长久持续的空气、木头和水汽紧密地包围,动弹不得。上面由日本墨水写出的字都还很鲜活,那些涂抹和修改直到现在我都记得企图和细微的动机。但这样的动机在这本笔记本被当作几千年前的文物展出时将会消亡得无影无迹,只留有一个空间里独特的墨水味和难以破解的文字。

我原封不动地把剧本放回抽屉里,古老的音乐包围着我,落在床上的窗的方形里盈满了阳光,风使它晃动,从枕头落进毛毯。一阵软绵的风吹得我的发根微微发颤,其中几根被金色的落日照透,呈浓苹果酒的颜色,留下星星点点的亮片弱弱地闪耀着。远处掸被子的"扑扑"声在好多浮动的声音中呈直线弹开,与另一边两只狗的叫声平行,纷扰了窗口的白丁香。外面盛行一种黏稠的郁闷,和咖啡的气味交混着从我的百叶窗里透进来;蝉声使远处的田野晃动着,橡树叶子填满了一成不变的天空。

我在这样的天气躺在窗口的躺椅里,在一片祥和的声音里眨着眼睛。

  这样的天气有意让人委顿,总给人一种时间不再流转的感觉,仿佛第二天没有工作要完成,当晚也不需要冲凉。一切仅凭那遥远的、如同顿号一般的犬吠支撑起一个时断时续的午后。这时候,我往往和 n 躺在院里的树荫下,身下只铺一块米色铺花的餐布,一睁眼就是那棵自己围院里的树。"这棵树会看着我们去死,看着我们的墙壁坍塌,"我很轻地在 n 的耳边说,仿佛我的话出口变成了微风,"我们应当埋在这棵树下。"他的发梢萦绕着轻酥的香气,唇就在我眼前开合:"我们没有棺材,也不火化,被地底的树根吸收成为养分。""好。"我含笑着说。那时的太阳和我曾在电影里制作的最小规格的太阳纸板一样大,被不同层次的树叶遮盖住,最终只透露出一点点刺眼的剪影。我的眼睛接住不少光,眼球随着树上的花的摇动而转动,耳里灌满了草叶的簌簌声。我们的城市很干净，气候很适宜，这样的天气时常有；在这样的阳光下，我们有时候计划接下来半年的行程，有时候说前几晚的梦，有时候干说一些彼此都明白深意的空话，还有一些时候我们口述一部短篇小说。

有一年，他去洛桑出差，临走前对我说："反复才是美好的。"他一走是两个月，其间，我们每周来往书信，他却像萨特①一样给我在日常交流之外寄来了好几封情书，有诗歌，也有文章，字与字之间我甚至能看出他思考如何用词的努力。但实际上，我不喜欢情诗，这一点同我身上带有的浪漫主义情怀似乎相违，似乎在情感上我倾向于实用主义者，对于赞美、甜言蜜语与宣誓都有一种下意识的抗拒，仿佛自己曾多次被爱情欺骗而不敢给出信任（这样

---

① 让-保罗·萨特（Jean-Paul Sartre），存在主义哲学家，20世纪最伟大的哲学家之一，曾给西蒙娜·德·波伏娃寄出过许多封情书。

的女性通常小心翼翼，如同她们过膝的连衣裙和耳垂上曾挂着的水滴状耳坠一样，只在走路的时候摇晃出很小的幅度。她们把情窦初开的情怀捧给被她们由小说和文学修饰而成的男人，在藤椅或沙发上像包法利夫人一样哭泣几回才收敛她们生动的想象力，然后忧心忡忡地不敢再付出真心；还有一些女性是二十世纪五十年代银幕丽人的模样，穿着火红的高跟鞋和在腿根飘起的裸露连衣裙，尚小的年纪便追求着、欢庆着成为洛丽塔，在一段极为漫长的桃色年岁里不减光彩，后知后觉地祈求忠诚的爱情），越是听到这样的赞美越是感到恐惧。

或许也是因为莎士比亚、拜伦和叶芝[①]写了足够多的诗，可以供全人类循环利用数百年的缘故，我不再相信还有什么诗歌可以表达爱意（又或者我对爱情这个命题研究甚微），即便有表达情感的需

---

① 威廉·巴特勒·叶芝，爱尔兰诗人、剧作家和散文家。叶芝早年的创作具有浪漫主义的华丽风格，善于营造梦幻般的氛围。

要,我也认为读几首他们的诗便足以。n知道这一点。起初,我曾嘱咐过他,因此他从未写过类似的文学作品。但他离开的两个月里,除去生活上的来往信件,我每周收到一封情诗。我在信里问他,却得不到回复。直到那天午后,我坐在窗户前,卧室里拉着一层轻薄的白纱窗帘,外面闷热又停滞的空气因在街道上挤不开,而时不时从窗缝中注入房间,晕染开像电影滤镜一样的暗黄色。我像电影《漫长的婚约》里奥黛丽·塔图①饰演的角色一样,把好几封褐色的信纸重新一封封拆开,读一遍,抚摸一遍,再轻柔地收进木匣子里。那时候,一股温柔的、眷恋的水波在信纸上涟漪开,仿佛我柿红色的连衣裙在另一过去的时间里成为枪炮混乱时妻子的褐色睡裙、贵族小姐的匈牙利晚装和古罗马女人的丘尼

---

① 奥黛丽·塔图(Audrey Tautou),法国女演员,在电影《漫长的婚约》中饰演寻找在战争中杳无音讯的丈夫的女主角。

卡①,在漫长的世纪里一遍又一遍地被坐在桌前的热切的女人穿着时,我才突然感受到他的用意:当人生除了反复别无他物时,在一片漆黑的山洞寻找柴火毫无意义,仿佛仍以为那些火能使什么东西富有精神,能使什么事情值得思考。于是,他在洛桑的最后两周,我瞒着他飞去他住的酒店,对他说:"我们应当荒废时间。"

直到现在,我们同居在一起有四十多年,鸽子白的盛蛋器被我们用了三十五六年,《百年孤独》被我们从书架上拿出来又放回去将近八次,柠檬和柑橘总共买了一百一十多次,冰箱换了两台,棉被每年春天收起来冬天拿出来反复了四十多次,杯子摔碎了六个(一个马克杯、三个玻璃杯、一个咖啡杯和一个茶杯),讨论过三次全球变暖的话题,看过八次《去年在马里昂巴德》②,写下了十一本小说、四

---

① 古罗马传统服饰。
② 法国左岸派导演阿伦·雷乃的代表作。

本学术著作和数不清的论文,带了四批大学生,换了三次时钟,出席了九次葬礼,喝过六千多杯咖啡,买过两次气球,没有做过一次爱。

  一天下午,我又拿出《百年孤独》的时候(我时常路过书架时随意拿出本书,站在那里随便翻翻,看看我是否会看到些新鲜的东西。我经常以此方式读到一段启发性的文字,接下来的半个月便借助那一段文字给我的若有若无的印象写一篇短篇小说或者文章),才发现一层书不多的书架里有一本一直折角的书。它的书页没有紧闭着,像扇子一样打开,其中一页纸朝内翻,蹭在另一面上,形成一个一动不动的半弧形,栖在那里似乎长达好几个月。我小心翼翼地把它捧出来,只见那页纸已经定了型,在空中捕捉空气似的形成弧状的纸网,翘起的页脚钩住流连的风,在浮空中颤动。尽管这并非一个惊人的发现,但我开始好奇那一页纸张在悠长的时光里常常因存放在闭塞不流通的书架上而满眼黑暗,直到偶尔被人翻开才能看到自己对面的那一页，如今却由于意外的缘故可以看到自己，它是否在这几个月里借着暗淡的灯光看清自己上面写了什么字呢？是否可以依此推断出整本书的故事情节呢？

藏起这样的惊异后，我沿着一条年轻的、只有一百多年历史的面包路走到最常去的水果摊。我的脚被大小相同的石块托起来，得以稳稳地走过去。我低头看着它们，看到每块石头上刻着的细密的文字，一点不模糊地铺盖着它们的载体，写着：

"1978年：驼背的、有短胡子的中年男子在这里走过；1870年：一个C城人在这里卖了一个月无花果干；2001年：一群五六岁的孩子在这里玩耍过一个下午；1976年：年轻女子在这里支起过花架；1980年：有一对异国情侣在这里拥吻；1899年情人节：穿连衣裙的女孩在这里卖玫瑰花；1903年：戴着帽子的不出名小说家在这里走过；1921年：一群年轻人从这里游行过去；1932年：这里是一个电影的取景地；1865年：一个咖啡店建立了；1987年：拍婚纱照的新娘从这里走过；2003年：一个女孩摘走了一朵粉蔷薇花；1969年：一个哥伦比亚人在这里吹笛子；1973年；穿着夹克的男人瞒着他的妻子在这里与他的情人见面；2003年：一个人在这里寻求隐私。"

我胡乱地看着，嘴里嚼了颗梅子。石缝里的土非常干净，有小草从里面冒出来，就像有人在上坡定期浇水，水不接触石面而从石缝里流均匀地流下。我在近五年的时间里一直慢慢地走过这条路，每次都寻找着自己在几千块石头上的位置，但五年来一无所获。我在这里也从未发现任何人的名字，亦无法从路两侧察觉到任何与石头上的字有关的线索（我本想寻找那些路牌和车轨的痕迹，但一无所获）。两边的墙上早已经不再种蔷薇，如今只有一小片天竺葵在风里频繁地点着。路边没有咖啡馆的踪迹，有的只是画廊和杂货铺。我沿着这条路走下去，到一个小十字路口,站在路边从十几个木筐里挑水果。一堆黄红的桃子挤在一起,从给彼此留出的微不足道的空隙里朝外盯着穿梭的顾客和伞篷外的天空,最上面的桃子被一只不愿离去的苍蝇持续骚扰。

夜晚,我审视着我的自由,与大学里的一名女性友人o和两名男性同学结伴出游。我忘了我们去了哪里,只记得往回返的时候已经接近凌晨,所有人都喝了酒,在记忆的跳跃中恍惚去了一个至少有双人床的酒店。晚上是很冷的,将近入夏的凛冽的风从窗缝里透凉地吹进来,但我没有因此清醒,只觉得嘴里有一种难以言表的清冽。那时候并不是全黑的,窗外有路灯,颜色很深的蓝借着暗黄的路灯伺机潜伏到我们未开灯的房间里。o坐在房间里唯一的一把高椅上,往玻璃杯里倒了一杯凛冽的矿泉水(我尚未可知她如何在那样的环境里保持着醉酒的困意,却不偏不倚地使那注水流流进杯子里)。接着,她的手不去碰那杯不反出任何光线的杯子,手指却像蛇一样在身上无谓地乱抚，陶醉似的闭了眼睛，把半边锁骨露出来。我看见那块比夜色还深的阴影成三角形印在她的锁骨上，她红色的卷发火热地钻进她的衣服里。然后，她挑拨着端（更类似举）起水，从嘴唇里灌下一口，从嘴角涌出来，流到她嫩滑的脖颈和温热的肩头。她的米色毛衣所立起的绒毛在身后透出光线的窗前影影绰绰地晃动，短裙包裹的臀部在木板上扭动，两只裹着丝袜的腿互相剐蹭着，露出她三角阴影下的内裤。我恍惚着，脑海里是一种类似宇航员登上火星传给地球的"滋滋"的电讯声，听不清他们说了什么。

她什么也没有拒绝，什么也没有同意，然后二人就相拥在床上，像两块深色的、缠绵着的色块。我听不见声音，依旧在嗡嗡声中被屏蔽着，但我看见墙似乎在蠕动，一种圆形的东西在里面颠覆，快要把墙皮折磨掉了。我似乎笑了。他听到笑声，那笑声在他耳朵里越变越大，强大的声波似乎轰涌向他的耳膜，像是火车碾过,发出惊骇的声音。我的感官里容不下什么事物,胸脯发热,情不自禁地吞咽下一口清水(那时候,它并非一杯简单的清水,而是作为一个强烈的情感被搁置在那儿,在整个房间里不停地猛冲、翻滚、沸腾)。它在我温热的口腔里旋转,从我胸中的幽谷滑下,浸湿了我脱下的衣服。

一点亮光被一根火柴激出,掉在大片大片的草地上,一刹那一团窳劣的火光斡旋般地戕害那些嫩绿,高昂地冲到权柄,席卷每一片黄叶,顷刻间莅临冠冕,捉住每一片花瓣撕咬着,不留任何苍草。我眼前只频繁地出现这样一片火红的景象,仿佛得了谵妄。

我光裸的手臂欣忭地拥抱住他,他痴狂地扯走我的衣服,啃噬我柔软的前胸,似乎想让我闭塞的情感流露出来。我神游间能听到屋内火热的喘息,滚落下来凝聚成一些火山的岩石。他的手摩挲着我的脸,舌头舔舐着我的脸颊,在我的毛孔上辗转。

我耳边的声音减弱了，心灵并非凝滞的、聋喑的，只是在一瞬间，我的心隔绝了一切声音，留有一个混沌、愚骏的气团在胸口滞留。不到半秒的冗长空隙，我才重又意识到窗外渐近的轿车音乐真真切切地从我耳里淌进来，刹那间有如隔世之感。我想起来这样的感觉持续在我的人生里发生，但一瞬间回忆不起来我人生的顺序和其余片段，似乎在那一刻我没有名字、没有年龄、没有身世，也没有将来，一切只在我肉体上刚烈地运动，遵循着一种节拍和规律。我骤然意识到在这个空间我没有经历，一切是呈现流水状的，滴滴答答地蔓延着。这些滴滴答答里没有任何连续，彼此之间间断甚至不成因果联系，在一个隐隐约约的状态中与另一个空间有着质的隔阂。这样的认识潜进我的心里，使我浑身战栗，那口水在我口腔里残留的寒冷和那扇窗吹进来的残酷在我光裸的肚脐上画圈，让我感到悲悼万分，倏地挣扎着睁大眼睛，眉头一紧，只见我眼前显现出一堵白垩垩的墙板。

  我浑身是冷汗,脸上是杌陧的神情,睡裙贴紧了我年轻的身体。我不敢出声,仍滞留在两个空间的罅隙之间,回忆着那些妖娆妩媚的场景,在密闭的方形空间里发瑟。柔软的栗发贴近我的脖子,剐蹭着面颊。我抓住身上白色的睡裙,抱住裹在腿上的毯子,然后倾倒在自己的臂弯中,把一大口凉得发硬的红茶灌进嘴里,仿佛将一个铅球猛地撞进嗓子。像是历劫一般,第二天清晨起床,我心里依旧泛着苦水,胃里不断反上恶心的气味,仿佛墙板仍在不停蠕动,顶撞开房间的书架,让那些书随着贝多芬的钢琴协奏曲23号——快板的旋律砸落在地板上,然后张开血盆大口把我咬住我强迫自己镇定,一阵幻象推着我坐起来。我费尽心思地抬起头,清楚地感受到血液的起伏、心脏的搏动,眼前黑色的恍惚却让我喘不过气。我挣扎着扑到窗前,麻木地抓住窗闩,猛地弯腰吸气。顷刻间,我不复感受到身体，一股闷热的湿气猛涌进来，却像是干冷的硬风直透过躯干。接着，我被一阵突如其来猛烈的心跳禁锢住，有什么东西麻痹了我的眼，让我看不到窗外。周身围绕着一团压不住的黑暗，仿佛脉搏下被灌了铅，让战栗擒住了。我瘫坐在窗的面前，居高临下地看着一爿爿店铺在清晨卡着时间开张，亮出那些铺盖，重新回到我的视线中。一夜沉迷的昏睡和睡前纵酒的纰缪让楼下的石路成为一条没有尽头的直线；餐厅搬出他们的椅子，插上他们的遮阳伞。而我坐在那里呆呆地发誓，在这个时空里我将永远远离昨晚在另一个地方发生的一切。

那时候，窗开着，房间闷热得像是在哥伦比亚。一个穿着亮蓝色纱裙的小女孩直直地闯进我的视线。我的眼神随之落在她身上那种劣质的、总让人想起迪士尼公主裙的纱裙上，脑海里却仍不停地滞留在那些深色的肉体和杂交的灯光里。她误以为那件裙子使自己如同公主一样美丽。她脚下踏着一双满是亮片的凉鞋，穿着像裤子一样的亮白色丝袜，却又在脚上套了一双袜子。她的奶奶在后面追着她，穿着显肥胖的裤子，大腿之间的赘肉甩动着。她们在这样的石头街上和所有颜色相冲。我缩成一团，躺进床里，想起我小时候也曾如此这般天真。我在小学时与同学们一起去餐厅，脑子里有一些肤浅的用餐礼仪，想要在那时候彰显出来。但当奶酪火腿蝴蝶面被端至我的面前，我如同动物本能般去吃那盘面，内心的礼节完全无法被传递到肢体动作上；而我又想尽可能在同学和他们的家长面前炫耀一番我的优雅，结果弄巧成拙，把一块肉酱黏到了裙子上。当时，我嘴唇上沾满了黏黏糊糊的奶酪和几点欧芹碎，刀叉上全是涂抹的酱料，几块打结的蝴蝶面掉在桌子上，弄得桌布脏兮兮的。我的手也不亚于桌布，在企图用刀叉划开一块鸡翅而将酱弄出盘子外后，我干脆直接用手拿着那根骨头的一头，咬掉周围的肉。吃完这些后，我的肚子撑得难以将腰直起来，仿佛一个好久没有吃饭的山顶洞人，而不是一个优雅的十八世纪贵族小姐。我想我同那个蓝色纱裙的小姑娘多么相似，我们就像在田野上的气球里一样，从透明易破却五彩斑斓的乳胶里向下看，看到一片晃动着的金色田野，仿佛一道有声音的金色光线在耳边刺过，接着那气球就破了，让我们在地上的人的眼里往下坠。

我有一段时间恐惧过田野，因为广袤的田野没有一点地方有庇荫，所有人都暴露在周围的空旷环境里，被烈日紧盯着不放，在一片赤澄的光线下接受着无边无际的蓝天的审判，似乎流动的麦野可以拦腰把我切断，以惩罚我独自一人畏缩在时代的墙角掩泣。

好几年后，我开始在研究所工作时，和同事们一起出行，他们都是有学识、内心稳重的年轻人，其中就有 n。我们一同去意大利的 R 城。我们都看过那些奢华靡丽的电影，幸好 R 城只把盛大展现给上流社会。路上,一个白色塑料袋像猫一样窜出街道,从马路上飘过,隐没在一辆车后。我们走到一个无人的广场,听到四处的圣咏像沙子一样在空中飘散。我问同行的同事是否都有信仰,他们中有的人说有,有的人说没有,前者人数远大于后者,其中还包含一个犹太教徒。

"为什么?"我问零星的后者们。我眼前有由咏唱的音乐组构起来的抽象画和舞池,和从沙漠来的商人被骆驼拉着走的图像。

他们说不出话来,沉浸在思考里。

"我们是唯物主义者。"其中一个人想了很久后说,"这是狡辩!"他沉默了一会儿,接着又反驳了自己。

夜晚,我们走到一个高档餐厅,穿着盛重,都打着黑色的雨伞,像是有人死了。她和其他人走进前厅,把外衣脱下给侍者。她穿镶着小珠子的高跟鞋,身着一件满是深蓝色水钻的晚装,栗色的头发向上绾着,窈窕地走。我想离开,我的高跟鞋使我的脚后跟很不舒服——她只是皱了一下眉头,身影隐没在建筑里。我想点一块提拉米苏——她把视线径直地从菜单的甜品上转开。我想离席检查我的衣服——她只是挺直了背。我想——她将腿斜着并列在一起,远眺向栖在一角的小提琴手们。她迷人地脱下手套,叠在桌子上,拿起刀叉。餐厅里的光线昏暗,空间却很大,桌子很分散,除了音乐声听不见其他声响(一些微小的刀叉碰撞声也在传播中减弱了)。我受邀在饭后于河边散步,漆黑的河水里倒映着我身上的水钻和耳坠。远处的河道分向无数的方向,在我们眼前延展成无数的路,但我们只能走其中一条,其余的路哪条都走不了,哪条都不属于我们的脚步,即使我们走出很远又往回走,返回这个路口,我们依旧被推动着往那一条路走。夜晚的水浮动着对岸颤动的光影,激出很清凉又很迷幻的意境,但我们彼此都很矜持,甚至毫无肢体接触。

我们诉说着文学和宗教,他为一切感到惋惜,但从来不提要走向其他路的事。我很乐意听这些话,时常回答"我明白"。前面晃动的水影带动那些根部长在水里的植物一起摇动,凛凛的晚风吹动着他们自由的衣袖和裙角。他们走在很窄的河岸上,左边是水,蹲下就能摸到,右边紧挨着墙,墙上面是蔷薇和爬山虎。"我应当和你信一样的宗教。"他踱步说着,"我不能再继续成为一个愚昧的人了。"

"好。"我温柔地说,"但我只信半个上帝。"

夜晚,我们去参加一个葬礼,那里坐着的人都有资产,所以穿着盛重,打着黑色的雨伞。她和其他人走进教堂,把披在身上的黑色大衣脱下,折叠地挂在胳膊上。她穿着黑色的高跟鞋,身上一件黑色无袖连衣裙,栗色的头发披散在肩上,从耳后垂到胸前。我想找一个卫生间,害怕摘下的帽子使头发变得膨胀——她用手捋了捋发丝,坐在长椅上纹丝不动；我头脑发昏，想吃一颗巧克力——她连包链也没有拉开；我想盯着周围人看——她的头一动不动。我想——她将腿斜着并列在一起，抬头看向鲜花中的棺木。她转动她迷人的脑袋，几缕头发失去了原来的位置。教堂里很明亮，人与人挨在一起，每排长椅上都坐满了人，抽泣的声音此起彼伏地围绕在她耳边，任何一个细小的其他声音都在哭声中显得尖锐。葬礼结束后，我被邀请在河边漫步。漆黑的河水使她看不见河水中自己的倒影。远处的河道分向无数的方向，在我们眼前延展成无数的路，但我们只能走左边的一条路，其余的路哪条都走不了，哪条都不属于我们的脚步，即使我们走出很远又往回走，返回这个路口，我们依旧被推动着往左边的路走。夜晚的水犹如一摊黑潭，毫无风浪的波动，在无路灯的河岸上走，连任何亮光的颗粒都看不到。我们彼此都很寂寞，甚至不互相说话，但沉默却诉说着不合时宜的情感交融。他为一切感到惋惜，但从来不想走向其他路的事。我很乐意同他不出声地漫步，时常侧过目光来看看他。前面死寂的河水蔓延到极远的远方，一个塑料袋在上面被染成墨色漂浮着，逐渐靠近他们。我们走在很窄的河岸上，左边是水，蹲下就能摸到，右边紧挨着墙，墙上面是粗糙的砖头和水泥。"我应当早点认识你。"他踱步说着，"我不能再继续成为一个愚蠢的人了。"

"或许吧。"我温柔地说，"我也未尝不是如此。"

夜晚，我们去一个很有名的酒吧，穿着略微盛重，都带了一把雨伞，像是都很听信天气预报。她和其他人走进前厅，把外衣脱下给侍者。她穿带着流苏的高跟鞋，身上一件满是小钻石的裙子，栗色的头发斜着搭在左肩上，窈窕地走。我想披上大衣，那里的空调让我发寒——她只是抚摸了自己的双臂，挤进拥挤的人群里；我想堵上耳朵，音乐声大得让我的裙子在声浪里震动——她只是离音响设备远了一些；我想找到他到室外到舞池——她只是喝了一口酒；我想——她窜在人群里，手臂晃动着，远眺舞台上唱歌的胖女人。她迷人地脱下手套，塞进包里。舞厅里的光线飞速变换且闪耀着，空间不大不小，容得下很多不同年龄的人，音响声大到使得人们除了音乐声听不见其他声响（要和他人彼此贴着脸颊才能交流）。后半夜结束后，我被邀请在河边散步，斑斓的河水里倒映着我身上的钻石和项链，远处的河道分向无数的方向，在我们眼前延展成无数的路，但我们只能走右边那一条路，其余的路哪条都走不了，哪条都不属于我们的脚步，即使我们走出很远又往回走，返回这个路口，我们依旧被推动着往右边那条路走。夜晚的水躁动着发出"哗哗"的水声，把对岸夜里尚未停息的快活在水里拉长。我们彼此都很兴奋，走在河岸上开怀大笑。我们诉说着社会风气和低俗，他为一切感到惋惜，但从来不提要走向其他路的事。我很乐意讨论这样的话题，时常回答"没错"。远处震动的音乐使得河水不停地跳动奔腾,温热的晚风吹动着我们带着酒气的衣袖和裙角。我们走在很窄的河岸上,左边是水,蹲下就能摸到,右边紧挨着墙,墙上靠着自行车。"我应当再同你出来。"他踱步说着,"我不能再继续沉迷于书本了。"

"我也这样想。"我温柔地说,"我们应当再出来。"

我和他在那个夜晚留下了一段美丽的柏拉图式友谊。此后的几十年里,我们不刻意地上升关系,只是顺其自然地找到一个又一个共同点,总在老树下交流对神父的忏悔。

那一天,我们突然发现家里所有的鞋都找不到了,于是一整天光着脚在家里走来走去。不穿鞋并没有带来不便,反而使我们内心宁静,于是傍晚我们相依在一起看了一部电影。直到今天,我们每次找不到鞋的时候都看那部电影,因为我们都爱阿伦·雷乃,尽管有那么几部影片不允许我们在疲困的时候看。没有鞋子时的时间永不停歇，不分昼夜，不按分秒计算，直到我们在第二天醒来时看到充满了的鞋柜时才恢复。在那样的日子里，我们只好请假不上班，有些工作在家里做（那些平日里可以十分钟做完的在此时往往要做一个点钟，原本三个小时才能做完的却只需要两三分钟。不过这里的数据永远不准确，因为我们表上的时针、分针和秒针都在胡乱地转动，就像熬汤时候的汤勺，在锅里不停地搅拌翻动）。我们也不知道几点睡，因为窗帘被焊在那里了，纹丝不动，无法知晓是白天还是夜晚，于是只好通天一直开着灯。但在一个特定的时间，我们会同时感到不可分说的疲惫和困倦——似乎时间趁我们不盯着它看时擅自多转了几圈——趁着最后一点尚未消亡的意识爬上床，一起睡到天亮，再同时从梦中醒来。那个时候，窗帘是可以拉动的了，时针、分针、秒针也是归回原位，按照原有的速度行驶了。

　　在尚未遇见 n 时，我安安稳稳地将时间的不对称（总会遇到这样的情况，在读书期间学习历史时，时光错杂的感觉比比皆是：当计算机发明出来的时候，世界上尚有些地区用刀和棍发动起义；戴安娜王妃举行婚礼时，毕加索已出生一百周年；康定斯基诞辰时，普法战争尚未开战等等。还有许多类似的时段，它们总是在现代和古代之间穿梭着，让人勾勒不出一个彻底而又完整的历史图像，总感到每一个世纪都是荒诞的，就像生活在公元前的亚里士多德正确地推导出三段论，文艺复兴时的达·芬奇画出那些现代机械图纸那样，像是在历史的长卷上突如其来地点了一个有预见性的、延续绵长的红点；而对于那些在我脑海里，明明在同一个世纪发生却看起来像是分别发生在两个时代的事，我感到它们像是安装错误的拼图，仿佛一片大拼图硬生生挤进那个窄小的不规则方形空白里；或者一片小拼图却霸占了一大块空白一样，如果把那片拼图从历史图纸上拿下来的话，却也不知道该安放到哪里，总之是出奇的不对劲）归于我的想象力和记忆力。我对此很有理由，因为学校向来是从历史上挑三拣四、拼拼凑凑出一本名为历史的课本，只罗列那些有用的人物和他们发挥了最重要作用的地方（例如用著作影响的革命、伟大的战绩、重大的宣言），而从来不说他们一生的长短、轨迹和经历，似乎他们在我们记忆里存活的意义不过是那些推动历史的要事，而并非他们个体。这样的冷酷无情使我直到毕业上了大学还依旧愤愤不平。我认为这有违客观、断章取义，并且还给了我一个像缺三少四的拼图一样的历史全景。在我年轻的心里，名字越是被经常提起的、越是在我很小就熟知的伟人，对于我来说就越遥远、年龄越老；越是我读书后才得知的、名字在公众当中也不常被提起的，对于我来说就越接近、越年轻。但这样往往是错误的，比如承受了我近十年误解的威尔第，由于他《弄臣》《茶花女》实在是太负盛名，又在各大演出过莫扎特、洛伦佐·达·彭特①、罗西尼歌剧的音乐厅里一同被上演,我一度误以为他也是骚乱的十八世纪的一分子。因此,当我十几岁猛然发现他是一名十九世纪,甚至还活到二十世纪的作曲家时,受到的震惊如同得知谁的外祖母活到母亲六十岁时才去世一般。正因如此,我难免责怪历史书,就像它们在提到伏尔泰和卢梭时只在法国大革命里用绚丽的语言描摹了一通,却对他们二人压根没有活到足以见证大革命的年龄只字不提。总之,我对历史时间的敏感度不高,时常为一些名人活着长达八九十年、一场伟大的战争只打了两个月而惊异不已,并将那些事看作是老师教学上的缺陷,而不归咎于自身。离开中学后,我在任何学科上的学习都按照自己的节奏进行,再也没有受到这种时间错乱的折磨。与 n 的相遇将作为我人生中的一个

---

① 洛伦佐·达·彭特(Lorenzo Da Ponte),意大利著名的歌剧填词人,也是一位诗人。他因和莫扎特合作完成三部著名意大利歌剧而闻名,即《费加罗的婚礼》《唐·乔万尼》《女人皆如此》。

清晰点，在那之后对于书本上的时间，我都从开始到结尾记得非常清楚，也对那些"不像同一世纪却又发生在同一世纪"的事置若罔闻，因为我们在一起的时候总交流那些已逝的人的精神，时常谈论起那些数字编排成的不得不留有印象的年份，以至于我们的知识面开始逐渐融合，出错率越来越低。

除去历史书带给我的时间纠纷，我早已深陷于时间反复的泥潭里。大约十岁的时候，父母带我外出旅游。我们都穿着短袖 T 恤衫和运动鞋，我和母亲腰间系着乳白色的防晒服。那时正好是下午，半透明的天放着淡蓝的光，街上只有落日的余温，没有一点太阳掷下的影子。我们走在平整的面包路上寻找旅馆，路上没有几个行人，大多很闲散。然后，我们在很多橡树密密麻麻彼此叠交的树影下看到一个优美堪比和弦的上坡，同样铺满了如同蘑菇伞盖一样的面包石，一整条路上空空无人，敞开在忧郁且明亮的蓝天下。路两旁有二十世纪的矮住宅，和一些门朝外开着的店铺。他们的门上飘着彩带，挂着颜色鲜艳的牌匾，四处洋溢着花草颤嗦着的身影，整个上坡如同为孩子提供的绘本里的图画。我们都被这段上坡所吸引，无由来地一致认为返回的方向也应当经由此路，于是不嫌疲顿地朝左上坡行进。在路的拦腰处，远远瞧见一扇和天一样颜色的蓝木门，门口是紫色的矢车菊和白色的菖蒲花。我们走到门口，将胳膊散在两侧，往里面看，只见一条石路幽幽地通向里面的咖啡馆，路两侧全是大片大片的红色玫瑰花，在碌碌的风里高傲且冷瑟；花瓣落在路上，点缀了圆形的石头。门远远地敞开着，暗黄的光调打在吧台上，木地板也泛着那股黯淡的光，在一个呈细细长长的长方形门框里透露出一片朦胧的惬意。我们嗅着花香走进屋里。我欲意向左右的黄色空间里走（那些黄色方块里是沙发和矮桌，有人跷着腿坐在里面看书。我看不清他们具体的模样，只能通过衣服分辨男女），但父母不想在此停留过久，于是只在吧台上点了两杯饮品（一杯淡蓝色的冷饮，还有一杯是给我的草莓奶昔）。我们坐在高凳上格格不入，穿着那样不合时宜、汗未干透的运动服，身上外露着并非享受和舒惬的心境。我在很多人的翻书和交谈声中感到自愧，仿佛熏香都在以一种高傲的姿态下意识地瞧不起旅行者。我悻悻地教唆父母离开，继续沿着上坡步行。

如今我时常留恋在那里的光景，如果有时间能重返那座城市、那个上坡，我一定衣冠齐楚，特地前往。因而，在晚餐的饭桌上，我问父母那座小城的名字。他们却在刀叉声中思考，最终双双表示毫无印象。我替他们描述那个蘑菇状石头路的上坡、蓝色的木门和小路两边大片的玫瑰花；描述很生动，仿佛过度饱和的影像，但他们仍旧记不起来丝毫。我越是拼命地描摹，企图让他们回忆起来什么，那段本就不清晰的记忆就愈来愈模糊，直至我也想不起分毫，却只是靠着自己不久前激情的描绘去回忆。这时候，我才恍然醒悟——梦与现实在记忆交替处混乱了，那必然是我做过万千个梦中的一个，就和以后将要做的每一个梦相同，播种在记忆深处的树下，沉睡在荫蔽里，直到几年、十几年或几十年后顶着圆扁的伞帽突然破土而出，被那些阳光下的草掩映着。

从那时起，我开始恐惧过往的记忆，恐怕自己的经历部分建立在梦里，恐怕一切开始变得无因无果，无法一环扣上一环形成自身的同一性；恐怕睡醒的那一刻也无法让我进入明晃晃的现实，而是在那一界线里来来回回，反复摇摆不定。于是，起床后，我永远不敢让自己在床上待很久，总是很快地掀开被子，让腿率先接触到空气的流动，驱使那些温热的暖气逃离被子和睡裙；接着撑着半睡半醒的上身把窗帘拉开，让光透过玻璃中刺激我的眼睛，使任何藏匿于黑暗里的梦魇烟消云散。最终，当我在床上坐起来，踩进拖鞋里，最后一步才算完成。这时，我往往已经非常清醒了，一整天的行程安排也重新在脑里展开；那些字符的含义像警铃一样，通过神经使大脑精神起来，让我极快地洗漱、做早餐、穿衣服、出门、工作。如此，一整天在现实里的记忆就可以完完整整地刻在脑海里，不会同那些模糊的梦境混淆，形成那些迷乱的记忆。因此，在我与n同居后，我叮嘱他一定每日早上督促我完成这一些步骤，否则后果不堪设想。他对此表示非常理解，并说，自己曾经一周内在梦中杀了三个人：一个和他同班的女孩、一个男孩，还有他爸爸。那个同班女孩在真实里暗恋他，那个下午他因拒绝她的表白而感到很轻松，解脱了一种被别人期待的重负。当晚，他杀掉了那个压力的影子，在用刀子刺入她腹部的一瞬间就醒了。隔了两天，他在夜里走到一个未经开发的乡村，一切都是土堆和杂草，太阳照着干裂的热光，房子都是由砖、水泥和木头垒起来的，连一棵可以庇荫的树都没有；很多鸡在地上跑。他在水库边看到一个男孩，于是轻轻一推就把他推了进去,看着他滑到水里冒泡。他很害怕、很后悔,想方设法让自己逃避牢狱之灾,甚至去图书馆翻刑法。他这么紧张着的时候便一觉醒了。周五的梦中,夜晚他到了游泳池,站在泳池边,命令两个会飞的、穿着白衣的如天使般女子扯着他父亲从空中进入水里,在水里淹死了他。然后,他猛然惊醒,觉得很可笑。我替他胡乱地分析那些梦境与现实的对应,还问他"是不是有怎么一回事",随后我们一起大笑。

当我们在"解析梦境"的时候,时间过得非常快,堪比磁悬浮列车,未在轨道上摩擦出纹理便风一般地离去了。有时候,我们只是低头笑一笑,再抬头时,时针已经摆到我们不熟悉的位置上了。我们都稍稍感到骇怪,因为冰镇奶昔上密密层层的小露珠仍保持着圆鼓鼓的饱满形态,一个个头垂向下,在冰意中等待着一颗率先融化的水滴从杯口滑下来将自己携走,在杯底形成一片水渍。为了验证时间是否真的走得如此之快，我们翻箱倒柜找出许多米诺骨牌，从卧室门口的左侧贴着门开始摆，沿着碎花壁纸的墙壁—樱桃木书架—窗帘下摆—床头柜—床回到卧室门口的右侧，又在这一圈壁垒的其中摆了几圈，让那些小木块紧密地站着。最后一块立在地上时，n 感到窗外的光线已经变暗了。我从卧室正中间越过一排排的骨牌，在卧室门口看我们客厅的表——令人惊骇的是，分针仅仅移动了表盘十二分之一的距离，时针略微朝前挪了挪，看不出任何变化，只有秒针和平时一样地转。我记下那个位置，然后充当上帝的手，在门口推动左边第一块骨牌。我耳边爆出"哗啦啦"的洪亮的响声，如同那时我从下坡奔跑向落日时风吹起衣服的声音，仿佛在我祖母家偏僻而不通网络的乡村里坐着他们破旧的卡车在土路上前行，震耳欲聋的发动机的轰鸣声里黏合着车里闷热黏稠的空气，搅动着窗外高耸的玉米地。我那时候坐在副驾驶上，旁边是尚未逝去的祖父。他戴着一顶草帽,穿着件在风里"呼啦啦"响的背心,胡须打理得很干净,用堆积了土的拖鞋踩油门。

他要带我去集市。

我尚且能够忍受炎热,只是把及腰的长发盘在脑后,黄色的墨镜挂在鼻梁上,然后像美国电影一样把车窗摇到最低,让一整个方框兜住流动的景色,把手臂抵在窗框上,以手背托着半边腮,把泡泡糖吹得很大。迎面吹来的风是干裂且不带任何水分、疾且不给人喘息的,和车轮在不平土路上的颠簸一起一伏,彼此照应着,在玉米地的长须里疾速漂泊着。我照例穿着短裤和不长的 T 恤,丝毫不担心灼灼烈日会将皮肤晒伤,勉强戴了一顶颇具乡村风格的编织草帽(它足以应对呈将近直角的太阳,为我的全身遮阳),将腿交叉叠在狭小的副驾驶座里。

直到最后一个骨牌应声倒下,我才又探头看了一眼时钟——分针没有变,但时针移动了好几格,秒针依旧在以常速行进。表盘似乎在多米诺骨牌倒下的瞬间变成俄罗斯转盘，被某个隐形的手轻轻地推了一把。我把新的时间告诉 n，然后我们拉上窗帘，准备看一部阿伦·雷乃的电影。这时候，我看到手边的冰奶昔的杯壁上已经是彻底光滑的了，仿佛被人清洗过外壁似的洁净，光洁地倒映着我扭转的半边脸庞；里面的冰块在骨牌倒下的期间全都化了，隐隐地在液体和空气之间看到一层微染了带粉色（因为是草莓奶昔，我买了太多的草莓）的透明层，在透明层和杯沿的距离里玻璃又映上墙纸的颜色，以至于如同出现了一层漂浮的隔离带，让一个无色玻璃杯实现了三个色块。我在生活现象上毫无科学探索精神，一些事情即便发生了也置之不理，因此，我对月亮为何绕着地球转等现象毫无好奇心，即便有好心人惊奇地发现我对天文常识一无所知而迫不及待想要解释时，我也会拒绝他的好意，不愿耽误那几分钟或几秒钟的时间。这就如在学校学了很久的物理一样，到如今，只有重力加速度的数值尚在我记忆力占据一席之地，其余一切的图像和知识仿佛都被碾碎成粉末，在空气里飘走了；而我也相信这个加速度的数值将在几十年后也同样消失于脑中（对于这样的记忆，我往往直接把它们丢弃到树林里最阴暗的角落，让它们自己发霉长毛）。有些人声称，这样的数学推理有助于构建逻辑思维。我实在不愿与这样的言论针锋相对，因为就自己而言，数字和直线仿佛要活活将我憋死在空气和蓝天下；它们把我捆绑着，曝晒在正午的阳光中，让我口渴而死。事实上，我缜密的逻辑思维并非来源于数学，而统统源于哲学的潜移默化；那些准确无误的逻辑推理如同一串音符一样牵着我。我往往以大学里一些数学专业的人士口出惊言、对于社会现象堪称毫无逻辑的辩论，以及颠三倒四，忽视根本的推演为例子，为自己的观点立脚。但尽管如此，以科学检验所得出证据而站稳脚跟的人依旧有充足的论据证明他们的声称。因此我只好在他们炽热的目光下低下头，戴上墨镜，藏在玉米地间的草帽里。但至少，生活常识和物理常识的缺乏并未给我造成重大影响，反而想象力不受束缚，可以渗透到大街小巷的每一个细节里；例如那些飞上天空的气球里装的并非氢气，而是孩子们童年里吹出的泡泡糖中的甜气；又或者那些车辆并非由发动机驱使，而是司机的遥控玩具。尽管这些语句被人习惯性地认为应当讲予孩童，但我从未让这些天马行空流离出书本之外，只因自己生性刻薄，宁愿抢走孩子的一分钱变成冉阿让，也不愿为他们写诗歌成为泰戈尔。此时我的眼神凝聚在电视屏幕上，心里却又编造了几个幻想，紧接着，有一股不知从何而来的力量极其唐突地把思路打断，突然间让活动着的大脑回到黑白电影里去。一下子我想不起来任何一句刚刚编撰的句子，只好把融化的奶昔用力吸了好几口，咬着吸管使它底部的尖端接触那片融化了的透明层，把淡淡的草莓味水吸掉。

电影放映完，n在切换电影。电视上闪动着鲜活的广告片段，所有的广告明星咧着嘴，把笑容放到最大，如同不夜城的霓虹灯和红磨坊的康康舞。童年里，我邀请一位可爱的朋友u来家做客。我们一起坐在沙发上，抱着一包葵花籽，看《小鼹鼠的故事》[①]。屏幕的分辨率不如现在高，但在我印象里却清晰可见。很快，一段漫长的广告霸占了整个电视——一个新开张的游乐园的广告：屏幕里一群年龄各不相同的人分散在城市各个地方做着不同的事（每个人被一个格子框住，一共有八个框，从上到下、左到右的顺序分别为白胡子老爷爷看报纸、男青年皱眉头喝饮料、少女在镜子面前垂头丧气、老奶奶在没有灯的客厅织毛衣、中年妇女在厨房满头大汗、男孩在桌子前写作业、女孩耸着脑袋在弹琴、

[①]《鼹鼠的故事》是捷克斯洛伐克非常著名的动画片，其原作者是兹德涅克·米勒。

中年男人在菜市场买菜），每个人的脸上是夸张的表情，特此表现出无聊的情绪；接着，一个巨大的标题（游乐园的名字，彩虹色的边框包裹着白色的大写字母）冲进屏幕，撞开那些格子框，同时，画外音欢快地念出乐园名字；然后，字母朝下俯冲出屏幕，刚刚在框里的八个人穿着色彩鲜艳的衣服在游乐园门口（与其说是游乐园，那个广告上所拍摄的更像是进入三维的童话故事，天上居然还有飞着仙女和精灵），一改先前脸上的表情，全都惊喜地张开嘴，大步迈进游乐园；接下来是好几个很快闪过的镜头：青年人在过山车上开心地大吼，中年妇女在店里拿着一大堆的衣服。更有很多超现实画面：小女孩接过企鹅给的冰激凌，小男孩和飞在空中的精灵踢球，少女转一个身便成为公主；最后，大屏幕还是照例投出它们铿锵有力的宣传语。

这个广告播完，u 突然对我说："你知道吗，"两条辫子随着她说话的嘴一摇一晃，"这些可都是真的!"

"哪些?"

"刚刚电视上播的那些,都是真的。"

"你是说那些精灵吗?"我顿了顿,看她点了点头,又接着说:"那些是假的,他们不存在。"

"存在的,我就来自那里。上午,我刚和他们在一起玩。"她有点不耐烦。

我说不出话来,不知道该从哪里反驳她。

"在我出生的那个地方,要是犯了错就要被罚到一个很深的洞穴里再也不能出来;要是长得太漂亮,就可以被仙子带到天上给他们倒酒。"她的声音抑扬顿挫,富有情感,又夹杂着些吹嘘的成分——只是我那时候没听出来。

"然后我们长大了就会有翅膀,那些精灵和我们不一样,他们生下来就有翅膀,还可以采蜜。那些蜜蜂都是他们变的,如果是女精灵还可以变成蝴蝶。"她喋喋不休地讲下去,但这个时候广告结束了,我把头朝电视那里扭去。

"我们还会喝露珠呢！很好喝的，甜甜的。"她身子往前倾，企图让我重新听她的发言。

"我没有喝过露珠。"我实在不知道该说什么，嘴头上随便应付她。后来 u 或许又说了很多有关她的国度的事情，但我那时想把对此的羡慕藏起来，只好边认真地听，边装作不在乎。

后来，我们同在一所中学，时有聚餐，搭话变得容易起来。那时，她开始展露出和她诞生地一样神秘的气息。在夏天，有一个星期之久，她围着一条很长的围巾，在脖子上缠很多圈。别人如果问她这样做的原因，她便说这是来自她家族的秘密。她的头上从不出汗，体育课时也那么戴着，老师扭不过她，只能叫她不要上课。整整一周后，她把围巾摘下来，别人问她，她又说，这是家族的秘密。紧接着的冬天，整整一个季度她都不吃一点枫糖浆，松饼上只涂满蜂蜜。据说是因为秋天里枫树开始落叶，为了保持其内部的精华可以在接下来的三个季度持续地供给，他们那里的人都不吃枫糖浆而改吃蜂蜜，到春天，不吃蜂蜜而吃枫糖浆（她没有解释清楚不吃蜂蜜的原因，好像是一种她自己也不清楚的内在规律，总之长久以来，人们养成了如此的习惯）。那天，整个学校在暑假开始前放映《哈利·波特》，她坐在人群里似乎对因看到大量连贯的魔法镜头而惊讶呼叫的同学们显示出轻蔑。结束放映后，她找到我，告诉我那样的魔法在另一个国家经常出现，只不过人们不能在平日里使用，只能私下里用，因此大部分人也不觉得那有什么好处，久而久之很多人身上的魔力就消散了。

或许是出于散漫，她在校的成绩很差，总是倒数。她与一些因小事吵闹半学期的女孩子们纠缠在一起，时常看见她们分分合合的小团体和课后那些悄悄话在学校的角落里如话剧般每天排演。她心里藏着很多或深或浅的密室，放有无数关怀和对他人的喜恶的感知，在有用时就打开门扇，让嘴唇吐露出那些笨拙却亲切的话。即便如此，由于她的那些密室锁不住一点书本里的知识（她的头脑也只搁置那些别人随口说的谣言和玩笑，将别人嘴里的笑话当成真实发生过，在头脑里特地留一片位置；就因如此，那些爱开玩笑的、深受同学们喜爱的老师被她视为经历丰富，曾在不同职业上都有过打拼，亲戚是经历过好多历史要事的人，于是对他们愈发敬重），最后只好落入一个很差的高中，又在考试上失利，进入未曾听闻过的大学。实际上，这对她影响不大，因为她出生的地方没有努力打拼的观念，她的心也并不以为这有什么坏处。她的感情来得快去得也快，心的罅隙都被生活上的小纠纷填补了。她对时间的感知也很快、很投入，因此从来不以一生计时，往往以星期和月做单位，一段大幅度波动的情感也只在星期和月里投入、爆发，通常不到一个月便消失在她的表盘上了。这些事情就被她放在回收站里,只有很小的概率——例如重聚和相似事件发生——她才会恢复回收站里的那些文件,拿出来绘声绘色地讲一遍(她只讲起因、经过、结果,并且大部分时间遵循一种不精湛的巴洛克式叙述方法①,让人只能听明白个大概。但对于她的小团体来说,类似的事件被挂在唇边时,往往没有人在意是否听懂,而是统一地将重点放在那些人名,以及带有人名的句子上。于是,在谈话中,一句话尚未说完,另一个围绕着句子里核心人物的故事便掀开帷幕。但要是仔细听,便很难理解其中含义。这样讲话的风格往往使她吃亏,因为在争辩和解决纠纷时,她压根无法给出有力的论述,甚至连论据也讲不明白),然后紧接着再次点击她脑内的鼠标把它们删除掉。

于是,u 带着一段一段短促的时间,和出生地所赋予她的天生的闲散,费劲地找到一个能养活自

---

① 一种螺旋上升的,如巴洛克柱子一样的手法,指不以时间顺序为叙述基础,而以一种旋转的手法叙述。

己的工作。这时候,她意识到自己既在这里难以生存,又没有财富回到生养自己的土地。她企图开始摆脱那种闲散。一个慵懒的午后,她找上我,恳切地请求我教会她一些技巧让自己至少习得一技之长。那一个月,我正巧停留在令人委顿打不起精神来的C城,时间在脚下总崎岖不平,上午的咖啡直到下午才有香气从木地板里散发出来。于是,我答应她,在后半个月和她常在一起,交授最基础的经济学。

我错误地高估了她所掌握的常识范围,第一天,便受到不被允许外露的打击。书很厚,但开头的内容是当下所有中产阶级家庭信手拈来、耳熟能详的东西——市场经济和计划经济,只有提炼好的概念值得阅读,而内容不需详细解释。因此,我的手指随着声音在书页上滑过一圈,便以为她吸收了所有知识。u坐在旁边点头,一句话也不说,直到她过久的沉默引起我的好奇,而随口问——"都明白吗?"我才收获到那份让人惊讶的回答。

"不是很明白，"她有些内疚，"这些东西（她想用的词应当是词条）我听都没听说过。"后面的半个月我十分后悔，她嘴里时常吐出的无营养的发言每日叨扰着我，而毫无学习经验（从那时我才对学习经验有所重视，意识到并非记忆力和接受能力才是学习的脊梁和支柱，而积累下来的经验才能起到支撑的作用）却又不放弃般地做无用功又使我无法继续使得教学进程有所推动。总之，半个月下来，她一无所成，只记了一堆这辈子也用不上的名词，还对我表达了诚恳的感谢，准备马上投入到考学的计划里。

她告别我的当晚，我拿出老旧的电话簿，用铅笔在她那一长串的号码上画了一条笔直的横线，提前为她自己感知不到，但早已暗淡无光的未来举行了一场开在心里的葬礼。我在日记本上写下对她将来的简短预估：一事无成，时常叹息和后悔，婚后十年便没有爱情，生了孩子，和丈夫维持积蓄不多的生活，直到去世。我一直没有收到她葬礼的消息，也无心去打听，直到我快要死的时候才得知她还活着，而她后半程的人生轨迹和我那时在如今已经泛黄的日记里所记下的相差无二，只不过添加了些细节：生了两个孩子，丈夫永远很懒惰，她在三十岁不到的年龄便已将青春倾泻在两个孩子身上了，而她笨拙的嘴和怯弱的心灵从来无法在争吵上取胜，也永远无法践行朋友们提出的意见；当目睹两个孩子离开家上大学后，她才意识到自己的空虚无聊，每天擦好几次地板，手臂上全是赘肉，仍执着地坚持在冬天不吃枫糖浆。

那个人（我年老后不愿意制造出更多的记忆，所以对大部分生活琐事几乎听到后不出几天便忘了，这也并非是记忆力衰退，而只是我分不出那么多精力去刻意记忆了）对我这么谈起她时（他在一些普通的词里加上悲苦的重音，显得她劳碌的人生更加不幸），力求在我眼里看到一些同情和一丝丝的哀伤，但这些故事早在六十年前的日记本里便已有所记录，如今对于我——一个将死之人来说，这样的故事无法刻意讨好我、让我在临死前心里有什么波动。如同他一样说故事的人栖居在我的青年和老年，总妄图在我这里找到一点对他们故事的反应，来使他们诉说故事行为得到的餍足。当我还在念书时，有人愿意拿那些考试得了高分的人作为他们口头报纸的头版，几天里和别人的第一句话都是以反问开头，然后爆发出急切的高声，似乎他们自己也夺得了那样的荣誉。之后以他人身份、学历和工资来博人眼球的永远不在少数，他们一遍遍在我耳边重复不止，恨不得让我表现出一份惊讶和羡慕才能罢休。但我很执着，从未给予过他们贬低我的机会，脸上冷冷清清的，不挂笑，只从喉咙里低声滚出一个音节做答复。

年老后，我的身体一直很健康，从来没有进过手术室，每天早上都出去散步三公里，一整天和康德一样安排得井井有条。因此，我所说的临死并非自己身患重病，将于医生口中所说的日期内去死，而是内心感知到自然的异变将让自己不再焕发生机。说起来，这并不那么让人信服，但周六晚上，在清洗盘子时，我感受到比以往更为强烈的支配感。我将洗净的碟子放到右手边的沥水架——这样一个动作，在一生里重复过不知多少次，但唯独在这时，我感受到下臂与上臂的骨头被迫地（我也没有反抗，只是这种强迫不由反抗地体现出来）形成一个角度，那个角度不随着我身体从水池向左移动而改变，接近平移一般将碟子带到架子上。它们就像两块长木头，毫无血肉的温度，被钉子固定，以至于我不敢承认它们属于身体的一部分，而是像独立的个体，拉扯着我的肩膀，让我半侧过身体。这个动作和我往常做的都一致，时间也分毫不差，只不过这次有一股内力驱动着身躯。我很及时地注意到这一点，心里似乎隐隐地颤动，一整夜都十分不安。自从那天我飞去洛桑见到 n 后，身体里涌动的强迫便极少再能让我驻足停留,像机械一样固定活动的手臂和腿很少打扰我的思考,思想的必然性也逐渐被提前预知,只不过那些强加在肉身上的力量我统统视而不见,即便偶尔仍受到曾经做出的决定留下的影响,我也只是熟视无睹,把自己包裹在假想的自由里无拘无束,在不宽的草帽下为全身遮阳。而在那之前,我从尚未得知自己时时刻刻被牵绊,过渡到不断受曾经积累下的知识(伟人不灭的精神、哲学家的理论、从墙上跳下去后看到布条上写的字——"鞋子在哪")的牵制。这些知识像洪水一样淹没我,鞭策我,操控我,让我停下一切的不理智、不公允、不刚正。我做不了一切有违于它的事,正如自己无法心安理得地走在别人的庭院里。它们吊着我的脖子,不让我落地,也不让我窒息。我的理智受其控制,而它是超出情感范围的情感,像古代绞刑架的执行官,由我的过往堆积而成,掌控着整个吊死的程序。于是当我洗好盘子的那一刻,往日那些吐露在忏悔室的故事重新盘踞在脑海中。一刹那，我的人生如同走马灯般浮现在眼前，仿佛为惩罚我几十年来生活在痴心妄想的假性自由里，硬生生地将每一年的记忆拴上了锁链，并塑了一个和我外形相同的像，声称要将我的灵魂锁进去。我体会到比去洛桑之前更为强烈的必然，似乎每走一步小腿与裤管的摩擦都使我回忆起婴儿学步时的努力，每合上一本书都是深刻在脑海中的教养，每次的散步都象征着我从《健康生活》杂志上受到的影响。

而我此时孤身一人，在偌大的家中只点了一根蜡烛，而那一丛纹丝不动的火光连家具都无法照亮，只是一个光点不断地在我眼里反复地刻下深印。我久久地坐在那里，没有人给予我应得的安慰。来自各个房间不同程度的黑暗在门框后明目张胆地望着我，从门后纷纭杂至地涌出来，在面前的厅室里举行几十年来最盛大的舞会。我不想要哭泣，也不感到悲哀，满脑子却是无政府主义和空想社会主义的小册子,甚至紧接着上演了毕希纳①的剧本。在沉静地坐了两个小时后,我开始适应那些夹杂在身体里,愈来愈清晰的铁链;它们愈缩愈紧,随着我心脏的跳动而跳动,仿佛在给我一种提醒;接着,我的耳朵清楚地听到心跳声,仿佛自己的心脏摆在桌子上一样,如此的真切且清晰。眼前浮现出一片黑暗里的海,水面里看到自己在前十年颓废、委顿,后几十年与理智做抗争;而我就站在海岸的栏杆里,往下看能看到如同被巨型鳗鱼盘踞了的漫长海岸,沿着岸壁的石头波浪形地上下浮动,深邃的黑色海水鼓起、涨开,如同襞襀,里面满载着轰隆的恐惧;抬头平视,海平线卡住我的喉咙,让我的胸腔埋在水里,使我喘不过气。我屏住呼吸,在生命的最后

---

① 格奥尔格·毕希纳,德国剧作家。秘密发行政治小册子《黑森信使》,被称为《共产党宣言》之前19世纪最具革命精神的文献。主要剧作有描写法国大革命的《丹东之死》、讽刺喜剧《莱翁采和莱娜》、悲剧《沃伊采克》和中篇小说《棱茨》。

倾听心脏的搏动。这时候，我才后知后觉，接收到这些信号希望传达给我的讯息——我生命危殆。

此刻我身经百战，疲惫不堪，只想卧进绿皮沙发，等着大水从窗口涌来，淹没在被浸泡的灯光里。

"我很害怕哪天死掉！"穿着棕榈树色的皮鞋的我走在行人道上，抱着一袋苹果对母亲说。那时候的恐惧源于想象，我刚有了开阔的思维，认识到人生绚丽，不舍得将自己的心交付给哈迪斯[①]。而那几日，因摆脱学校的制约而能看到更多的新闻的我，发觉只要上帝想叫人死，人无论以怎样的方式都会死。于是，我开始害怕自己成为上帝所选之人，在年龄上与莫扎特[②]、济慈[③]或修拉[④]有相似处。然而，

---

① 古希腊神话中的冥界之王。
② 古典主义时期奥地利作曲家，维也纳古典乐派代表人物之一，享年35岁。
③ 约翰·济慈，19世纪初期英国诗人，浪漫派的主要成员，享年25岁。
④ 乔治·修拉，法国画家，享年32岁。

我时常闲来无事,以自己丰富的想象力恐吓自己(我总是在恐吓自己前先让理智意识到接下来所想的事都为虚构,可当想象力过于真实地在我面前作画时,理智就被惊忧和惶恐动摇了)。一次,我走到家门口却没带钥匙,便给母亲打电话,站在外面的草地上听到她手机的铃声从窗口传出来,但久久无人应答。片刻,我怀抱面包纸袋的手有些虚脱,脑海里浮现出这样的画面:母亲躺在地上,身上插着一把尖锐而反光的刀子,赤红的鲜血染红了绒毛地毯,勾勒出客厅茶几的边缘,血淋淋地溅在电视屏幕上;家里全是被人翻乱的景象,餐椅倒在地上,所有的橱柜都打开,东西落了一地,一箱首饰不翼而飞。想到这样的场面,我的左太阳穴仿佛被针刺破,隐隐地疼痛着,手僵在那里,仿佛关节之间需要涂润滑剂。一切空旷和悠荡给予我恐惧的意向,以至于眼前总是那样一番情景,而仍尖叫着的铃声就是这番场景的句号。我一个人沉浸在艳阳天的冷汗里想象这种事情不可能发生。这几秒中，我的心里是空白滞留的，没有做任何骇人的假设，只是有一种大过猜测而又不成形的预感摆在那里，这使天花板悚然塌陷，在我耳边形成如秋日空寂田野里的沙尘暴般聒耳的轰鸣，使腿仿佛迈在急浪的海里挪动不得。直到第二个电话被母亲接起，熟悉声音传递到我耳边才驱散了兀自想象的冰寒；我这时候有勇气移动双腿，把电话盘上的警局号码删除。

经历过如此几次想象后，我才有了些许经验，考虑到现实并没有幻想那样容易发生后，我大胆地躺在床上想象自己的死亡。在脑海里，我想着：当自己躺在病床上，意识渐渐远离大脑，手脚麻木，嘴里想说些什么却开不了口，一切身体机能像破产关闭的工厂，电从一间一间的机房里停逝时，最后到底是哪间机房让我蓬勃的生气彻底丧失？是我的肺不再转换氧气而把我憋死，还是我的心脏不再为血液循环提供动力而让我的身体发凉？一觉不醒的感觉是那样的迷茫，倘若我的意识无法再从黑暗里回来，那岂不异常恐怖？这未知的可怕骇住我，因为没有人可以传授死亡的经验，也不能告知我他们的躯体是否紧绷。但一想到自己才刚瞥见那些著名的理论、二十世纪的先锋运动，我便希望至少能活到做出贡献的年岁，不要在雄心勃勃之际停止呼吸。与此同时，我又急切地想窥见社会的发展、宇宙的边界、平等运动的兴起，以至于对平均八十年的寿命远远不足以满足自己的好奇心而感到遗憾。总之，对于"死亡与生命"这件事我只想分秒不差的半分钟（不需要看表，因为年轻的生命恐怕我年老后在空荡的房间里无事可做，于是不允许自己想太久的"死亡"。它每次都不偏不倚地派发一个人找我问话、让一壶水烧开或者叫风吹闭一扇门来打断我）。平日里，我从没有这样的顾虑，因为身体很好，如果没有意外的车祸一定会活到所期望的年龄；而如果某天将遭遇意外，那我也无力控制上帝的裁决，只好躺在地上等死。所以，当我说"我很害怕哪天死掉"时，表达出的只是：我不希望在正年轻且充满雄心壮志时体验未知的恐惧。

不知道母亲对此有何见解，但她每次都回答我："人都会走向那一步，有什么好怕的！"这或许是流传最为广泛的对待死亡的看法。但这句话在白纸上无法立脚，纸根本无法吸收它的墨水，只能让那些墨渍在上面如同露珠一般滚动。因为这句话往往暗含着说话者没有对死亡做出长时间思考的真相，他们通常从未模拟过死亡的情景，没有把自己置身于一个将咽气之人的身上，没有去体会意识飘离出身体的过程；他们只是看到了无数人的死亡后，得知自己也将走向这条路而得出的显而易见的结论，或者是未经自己思索便轻信了古罗马哲学家的箴言而盲目地跟从。总之，不管他们的理性如何告诉他们死亡并不可怕，他们的情感也都应当因为未知而对死亡感到敬畏着的恐惧，即使像我一样只有几秒钟,也不应当一秒也没有;除非这样的话由一名上了年纪的老者以低沉的声音说出,而非其他年龄段的人们脱口而出。于是,我只当母亲是在敷衍,不再继续探讨这个话题。

当我真正到了青年时所想象的场景里时,我反而像是经历过死亡一样镇静,似乎曾经详细的幻象给自己提供了经验,将未知的体积减小了一半。我依然在神游,眼神飘忽,但已不再为手臂的僵硬和身上的铁链感到痛苦了,也不再为迎接死亡而感到恐惧了。钟表的"咚咚"声像碾压南瓜肉一样结实地传遍屋子,这时候,我又如此相信时间起来,仿佛它并没有在长达几十年的光阴里给我带来麻烦、始终非常可靠一样。我站起来,同时房间里的一切物体向下移动,展露出它们黑漆漆的映着烛光的平面,然后朝我身后飞过,接着以统一的速度转向左侧。门框在我两侧闪过,挂了几十年的油画剐蹭着我的脸离去,床沿绊倒我的腿,我摔在床铺上,棉被接住我——我睁开眼睛，看到吊灯和白垩垩的天花板，仿佛上面倒映着我年老而萎垂的胸部、无神的眼睛、干枯的手指和散落的头发，紧接着，一口棺木从墙上突出，一口把我咬合在长方形里。我拉扯着把眼镜甩掉，只看到模糊的吊灯，眼前却闪现着那些许久不出现的乐谱，那些和弦的黑影像墙里蠕动的虫子，使灯上的吊坠震动。我浑浑噩噩地闭上眼睛，眼里却浮现出那些年轻的场面：我又看到那一个让人心碎的时间，在我漫长的二十五岁里为其他所有事情盖上一层尘埃——当所有的午后收起寂寞的光芒，当我穿着纱裙穿梭在一根根柱子里寻找 n。我的眼睛不再归属于自己，教堂的门扇将它占为己有；而她的纱裙那样的苍白，露出毫无血色的小腿，不出声响地走进敞开的教堂。长椅在她眼前猛烈地发白，急剧地收缩，惊骇着向后驶去，爆发出轰然的响动，使她的眼睛只能看到十字架前站着的爱人——他的影子在裂缝中恍惚，交错着那天夜晚的葬礼，暗淡的背影被神父重叠，一口竖着的棺材掩盖住十字架；他哭泣的忏悔声夹杂在人群的抽泣里，夹杂在暴动的音乐里，从晃动的舞池里彻底消失，一瞬间闪烁的灯光充斥了教堂，人群里看不见神父和棺柩，彩窗里扔出好多酒瓶——一盏刺眼的灯猛地被按下开关，耀人眼球的光在好几个画面的叠加上穿破玻璃，不断地从水里升起来、掉下去，在海水里鸣响地蒸发出气体——一团没抹匀的，沉淀出色疙瘩的白颜料愚骏地啮噬钴蓝，金黄散的一点零星的暗光被刮刀抹抹平，侧锋划下好几条乱线——墙上虚无的影子像竹叶一样在磨砂的墙上左右揉捻，它们黑得像乌鸦，刹地冲出壁垒，在空荡的广场里水一样地冲洗地面——耳边是"哗哗"作响的衣服，遥远的地方有千家百户捶打被子、数万只狗狂吠，在左岸下坡的落日里交错着轰鸣——

我看到我的爱人背光站在那里，用苦楚的声音说自己罪孽深重，背影在一片光亮里颤抖。

耳边传进来"滴答滴答"的声音，我木讷的心灵感知不到它，舌头上却有巧克力豆的味道。月光从路灯上面昏暗地摸索进卧室，在我眼皮上按摩。我的背找回了棉花的感觉，发丝不再紧抓着头皮。这个时候，我意识到自己躺在卧室的大床上，耳朵里是时针的震动。坐起来，我感受到一阵供血不足般的头昏，然后在一干二净的墙壁上看到自己满是皱纹的倒影——它们爬满了我的脸，在额头上、眼皮下，甚至嘴巴上留下细细的纹路。我好惊讶，仿佛这是第一天发现自己的模样。我用手掩住脸，让年轻的自己看不到这样的脸庞。

空荡的卧室弥漫了睡意，我连鞋也没来得及脱，躺倒在床上一头睡去。

第二部

　　夏天的午后，漫长的蝉鸣把我箍在家里，我穿着不过膝的短裙在奶锅里熬蜜桃果酱。就在几天前，我刚开始对使用锅碗瓢盆产生兴趣，从家里四处翻找出无数母亲一时冲动买下的牺牲品（很多粉类和液体未开封就过期了），挑出那些还能苟延残喘一两个月的香草荚、淡奶油等摆到显眼地方，又在一次次烘焙的过程中如激发了童年探索精神般找到了不少放置藏灰了的模具和烤盘。于是，在十几年里对自己能力的错误评估下，我才得知烤箱的使用方式如此简单，那两个圆形的扭盘是那么容易操作，使得自己突然在出生后的十多年里感受到机械的便利。

　　这一切的尽情摸索起源于那天夜晚的纸飞机。放假前的最后一天晚上，我认为荒废时间应当是那晚的主题，于是把所有再也用不上的教科书和试卷都裁剪成正方形，叠了一个（使用了打破吉尼斯"纸飞机飞行距离最长"记录的人所公布的折法）我曾不屑一提（在中学，我始终认为那是幼稚的玩具，因为它们往往被抓在那些不懂规矩、满教室乱窜的男孩手里，在课间的走廊里从一头颤颤巍巍地飞到另一头，其间和不少人擦肩而过）的纸飞机。我没有一个走廊去实验它是否能飞好几米，只能在卫生间里用手一送，让它晃晃悠悠飞越客厅，闯进卧室，或者直接干脆撞在客厅墙上。那时，我才发现纸飞机沿着直线在空中以一种不紧不慢、相当惬意的姿态划过空间很是吸引人，尤其是它们薄如蝉翼的翅膀规整地划开均匀散布着的风。当晚，我用不同方法制作了四个纸飞机，其中两种以距离为重点，一种以飞行轨迹（是那种飞出去绕一个圆圈像鸽子一样再飞回手中的纸飞机）为重点，还有一种以造型（应当是战斗机的一类，有很复杂的结构和样式）为重点，在屋里折了三个多小时，直到平时上床入睡的时间。这是我为数不多的手工时光，因为我一直擅自认为对于任何需要自己动手完成的事情都将使我迷惘，以至于连炉灶都不敢点。自此之后，我士气大增，在动手方面突飞猛进，甚至能一下午钻进满是面粉的厨房里不出来。

我开始享受砂糖从勺子里滑落的感觉，那像是飘带和白纱，纷纷扬扬地落进粉色桃肉里。在这个年龄，我感觉夏天成熟到红透的桃有种稚嫩的性暗示。

在这个做果酱的暑天里，我有一半时间是在祖母的小镇里度过的。那是个很小的镇子，只有一个小教堂，背邻一个小山丘，当地只有一座小学校，火车站只有一个小站牌。但在那里，我感受到与以往居住的城市所不同的极为稳定的空间感和时间感，尽管挨家挨户钟表的指针都相差几分钟（卖鱼男人的家相差得最多，足足一刻钟。但他们从来不调整，声称那十五分钟不起多大的作用），但所有的指针都以相同的匀速前行，不因睡了一觉而增速，也不因缝纫衣物而减速，非常诚实地展现其表盘上的时间。那里所有物体的体积也都很稳定，不会突然间倍增，也不会一夜里缩小好几倍，所有动与不动的物体都遵循着一个上帝给出的标尺，在明媚的自然光下展露着其体态的均衡。所以，在那里我既不受时间时长时短而无法认真投入一件事之苦，也不受物体时常变大变小而无法钻研客观事物之磨难，学起了小提琴。

每当晨光从云杉的罅隙中零零落落地洒在灯芯草上，田野从氤氲的朝雾中醒来，带着一身的翠绿瑟瑟地在冷风中颤动时，我迎着使片片犬蔷薇的淡色花瓣微动的夏风，在山毛榉的叶子下爬上山坡。我的目光时常穿过树林，望向远处那片冈峦，朦胧的日出影影绰绰地在水杉的叶中露出，清亮的光辉很快铺撒在四周的云上。当那个红点不断上升，变得不再耀眼时，教堂传来的訇然钟声像鸟的翅膀鼓扇着传入我的耳膜。

我将小提琴从盒里取出，清早料峭的风使得我嘴唇微颤，在氤氲的落霞中显得颇为苍白。林中的空气有些湿润且阴冷。小提琴被架在左肩上，我右手拿弓，把弓毛轻轻地搭在弦上，以体内尚存的温热气息深呼吸，随着欧石南的摇摆在凝动的风中拉开一天之中第一个音符。浮云罅隙露出的温黄阳光照耀着我，我以与之相衬的抒情长弓演奏。

蕨草在我轻巧的黑色靴子旁时不时地轻蹭我露出的脚踝，两只麻雀从冷杉中窜出来，在空旷发白的阳光里飞翔着划出一道清晰可见的弧线。日出随着轻盈的琴声散出它更多的光辉，灌木在橙光下的暖意也一同暖热起来，风的瑟瑟声从树林另一端传来，悠长又稀落。

在推送漫长的琴弓时，我的心灵感到一股熟悉而又久未得到的宁静，以至于那两秒不到的时间过得如此悠长，仿佛一部田园诗。我总觉得应当想起童年往事做陪衬，但大脑却发僵，一点过往的事也不曾在脑海中浮现，只感到了一种汩汩的忧伤从心头淌过，但终归平静。

一曲终了，我收起琴，穿过树林向山头另一侧走去。远处白色的十字架孤零零地矗立在灯芯草和婆婆纳之间。顺着十字架朝向的方向望去，能看到整片的村庄和那条缠绵的河，还有阳光投掷下的几条宽大的淡黄线条。我眯着眼睛辨认着自己家的那栋小房子——只有指甲盖那么大。祖母家的屋顶就掩映在女贞树后面，在河水反映着阳光的波光粼粼中。而那些土路彼此交错着，教堂顶上十字架将影子拖长，笼罩着镇子上的那些明媚方形小屋。

这样的生活使得我头脑发空、行动迟缓，常常因将时间作为身外之物而一日不眠。为了使这样的充实永驻我的人生，填满我将来每一个记忆罅隙，那天,我跳上了一趟不知去哪的火车。我在无人的窗边坐着,摇晃着自从来到这个镇子就由黑变成白的、宽松地裹在脚上的靴子,使鞋跟在地上的固定一点扭动。火车时而驶入一片青葱的树林,转出一道曲折的山脉;时而窜过深不见底的谷涧,擦过几头啄草的羊羔;长方形方框里的景色呼啸着变化,但永远逃不出大片错落有致的绿的控制。急遽的火车上,树与树几乎连在一起,猝然出现,又旋即消失,像极了长弓的优美跌宕,转折起伏。那点缀在草地上的牝牛如同急促短弓的欢快小巧,骤雨点地,倏然几头出现在草后,忽而又消失在农宅里,如同《一部视觉诗歌》①。侧风化作一种具象的形态在玻

---

① 《一部视觉诗歌》是奥斯卡·费钦格导演的一部实验影片,以炫目的抽象几何图形之舞构筑起了一曲精神世界中的视觉诗歌。在深蓝色的背景空间里,平面圆形以渐变的红色层层飞入人们的视线中;继而,开始出现一些蓝色的正方形和长方形,以及三角形。这些仿佛拥有生命的形状跟随音乐的节奏在屏幕上快速移动着。当画面再次回归到最初的红色圆形上时,李斯特那壮烈的慢板和谐谑的快板,在这个神奇的微观世界里,戛然而止。

璃（那玻璃久未被清洗，带有雨珠留下的一道道脏痕）上冲刷而过，如同喷薄的大水在想象的田野里喧阗地从耳畔呼啸。那离披的树因车窗的污渍变得像是被一层暧昧的烟雾遮住，黄得灿烂、绿得透彻的叶子黯然失色。我那变动着的画框突然从一片密林里跳脱出来，在一片广阔的原野上草修剪得很是整齐，像一条绿色的毛巾——一个黑点猛然出现在我眼前，急遽地冲破了静止，在一片郁郁葱葱上像一个苍蝇。我的心一刹那堵到喉咙里，有种一次性吸进了一大口烟的眩晕感——那是一个流浪汉突兀地在万顷草地上走——身上全是布条——肮脏的布条——布条上扭曲的、黑糁糁的字涨在眼前——"鞋子在哪？"我吓了一跳，裂断了紧绷的弦，怔在那里，所有器官都失去功能了，仿佛我出生以来就不会呼吸，不会说话，听不到声音，一瞬间似乎被抽离了出去，不留一点记忆在躯壳里，眼睛像是相机的焦距被人扭转着放大，一步步聚焦在那个黑点上。

我落入老式火车角落里的迷恍失落,止不住地发颤,等想起来自己是谁的时候,一股不安定在心里凝成卵石,硌在嗓子眼,继而让我头脑发昏——我听到零件在我眉头和太阳穴的声响,紧接着是因过度使用而导致的发热。

"鞋子在哪?"我又噎在这句短小的问句上,仿佛这是一门我从来没有学过的语言,压根不会组织词语排列和语法结构,只是朦朦胧胧看到一串拼接起来的字母,然后在心里自动编织出一个简单又单薄的印象。我下意识地、不因任何缘故地低头绕过小餐桌看向我的靴子,但在扭头的这个过程里,我甚至无法将词语——"鞋子"和我脚上的靴子联系在一起,仿佛它们之间没有必然的关系,只是像衣服架孤零零地挂在衣杆上。一瞬间,我似乎重回索绪尔[①]曾带给我的沉思,但那又并非索绪尔,因为在

---

① 结构主义创始人,现代语言学理论的奠基者。

这一惊吓而激起的短暂思考中我并没有做任何有关符号和意义的推敲，只是像一个不懂得语言的人一样妄图从那里面琢磨出什么。他很快消失，像一个不到一毫米的椭圆的椰子色的点，刚出现便被像蒲公英的种子一样被吹走。

我在白天跳上火车，坐到下午，以达达主义①决定在哪一站下车：我随便翻开一页旅游宣传册，用看到的第一个词的第一个字母对应火车驶过的车站的首字母，在S城跳下火车。接着，我到对面的站台，坐上反途的火车，像对刚刚长方形框住的绿色按了倒放一样，那些大片的草地又出现在我眼前。夜晚，我才到镇子。祖母心急得像斯嘉丽的奶妈一样，手脚利落、眉头紧皱着拍打我的衣服，嘴里嘟囔着镶有边边框框的话。我对她的话印象不深，只感到一进门被她训说的场面像电影画面一样被录制

---

① 一战期间出现的艺术流派，以"反艺术"为口号。作诗时，把报纸上剪下来的词语放进帽子里，用蒙着眼摸出的词条组成句子。

了下来，而相机就端放在正对着我们的墙壁的香料架上，光明正大地将它圆形的眼睛睁大，一动不动地盯着我们。一刹那，我突然意识到那是来自未来的相机，来自我死后的世界的人的相机。他们为了研究我的思想、剖开我的大脑，就把摄像头放在我不以为然的角落，搜查我的一举一动，然后把影像放在档案馆里作为日后的研究资料。这些摄像头零零碎碎地出现在我人生之中，很多甚至蔓延到我的亲人、朋友那里，更有一些已经安装在了我所走过的每个场所。我凝望着那个漆黑深邃的镜头（它从不因我的发觉而有一丝收敛，仍是冰冷地、贪婪地扫视一切目所能及的），心里感到发毛和悲哀。我曾经尝试挪动或者关掉它，但它被固定在那里，所有的按钮都被胶水粘住，完全无法关闭。后来我才发现，只要把门窗都关上，屋内所有的相机就会自动灰飞烟灭。于是，我把窗户紧闭，门锁紧闭，一个人闷在夏天的房间里。然而，不到一周，我便放弃了；如果继续以这样的方式生活，不出一个月我将会在呼吸不畅和精神失常中死去。我在妥协里打开窗子，让那些相机归于原位，只在写信时把窗帘拉上。久而久之，我发现尽管放信件的匣子里没有相机，仍有一股浓重的气味盘踞在方方正正的檀木空间里，紧锣密鼓地盯着信封，企图接着漆黑窥视里面的内容。那股气味如何都赶不走，即便把那匣子扔掉，那气味仍旧缠绕着信件。我气愤极了，想要一股脑烧掉所有的信，但走到壁炉前，看到那熊熊燃烧的火苗，又泄气了，察觉到一种后悔的情绪将会在纸变成灰烬的一瞬间笼罩自己。最后，我只能在从不开启的密室里放一个大盒子，里面装进所有的日记、信纸，还有那些不愿被公开的文字，盒子上面用黑色马克笔写着粗体的"死后即焚"。做完这一切，我心安理得地冲着在窗户外凝视我的镜头，以同样冷冰冰又理直气壮的眼神盯着它，说："想都别想。"

但很快，我意识到无论自己做什么，它们总有机会发现我生活的细节。例如尽管我将去洛桑的机票放在夹角里，但 n 的同事和朋友仍执着，并源源不断地给摄像机们提供各种证据，表明我在那时同他一起待过一周。而当我在书架里拿出那本书页张开、页脚看到了自身的书，情不自禁将这一发现写记录下时的举动又被他们目睹，似乎还能隐隐听到来自未来的声音萦绕在耳边，他们夸赞我的心灵多么敏感和缜密，以至于微小的细节都被捕捉在眼里，甚至要特地写下。后来，我彻底放弃了与相机对峙的行径——这样白费力气，更重要的是，我似乎听到那些声音以公允的语调讨论我如此顾及隐私，以至于要烧信的原因。看到这一点，我瘫坐在沙发上，感到彻底没了心气，任由他们用富有情感的笔调充盈我的无能。

而当时在镇子里第一次发觉到这台相机时，我尚未得知它已经从我出生起便启动了，一直闪着红色的光点,那光点遍布我入学的第一张纪念照、运动会的视频和拍摄短片所留下的照片。他们像逮捕犯人一样把我的照片用红色的大头钉钉在墙上,用不同颜色的毛线缠绕着,记号笔写下那些我还没有经历过的年份——

——祖母很痛快地停止了对我的责怪,使我从香辛料架子上回过神,听她首当其要地开始对饮食展开询问:

"有没有吃晚饭?我给你留了饭,还要不要吃一点?"

我回答道:"不了。"一想到她总要问我三四遍才停歇,为了减少语言重复所浪费的时间,我又加重了语气道:"不用了,我一点儿不饿。"(说这话的时候,我暗暗挪动脚步,提前走到卧室半掩的门里,话一说完就立刻关上了门)我没换衣服,倒在床上,在空白墙壁的催眠下很快入睡。

后几天,我活动在镇子上的湖边,有时连衣服也不脱就跳进河里，让所有轻盈的布料浮动在水里，就和我的头发一样。它们在水里以不受过往和经历控制的曲线、形状自由自在地享有绝对的偶然性，四处漂散，衣服、头发的末端游到一定的长度就被拉扯回来，紧接着换一个方向或上或下地摆晃。我的裙子在水里变成透明的布料，有时重构成一个水鼓凸起的形状，像一个深海区的水母或是荔枝果冻，随着水流，这样的形状很快就消失掉了。我并不喜欢接触迫使我重新冲洗衣服的液体，因此自从小学过后便不再游泳。但最近，我迷恋上布料和发丝在水里的重构，它们不再受风力和其他在干燥环境下的作用力的支配，而是如同一个自由的灵魂随意发散到各处去。它们是"巧合""偶然""间或"等词语的化身，是"奴役""管束""桎梏"的反义词。因此，即便我无法脱离"禁锢""束缚"等词的纠纷，也希望至少身边的什么东西可以代替我享受无形无状的乐趣。

有时候我想，这样在水里躺着不动是否会被认为溺水而亡的尸体，是否第一个看到我的村民会急切地两手抓着背心向上一扯，跳进水里来救我，或是否碰巧路过的妇女会心急火燎地叫来人打捞我——而这一信息会如何在报纸上被报道呢？这块水域以后会被立上一个"禁止游泳，小心溺亡"的标志吗？每每这样想着，我就把头伸出水面瞧一眼岸边（我时常看到电影里的人可以在水下睁开眼睛，可我即便佩戴了护目镜，仍不敢把眼睁开，因为我对它的密封性感到担忧），看到热腾腾的岸边一个人都没有后再像海豚一样一头扎到水里。这样在水中浅憩之后，我拖着有如铅重的衣服上岸，趁祖母仍外出在街上的时候（她在玛丽亚日里很早就赶往小教堂，然后在教堂待到中午才回家做饭，下午接着去，直到傍晚的第三顿饭前。我朦朦胧胧地记得很多教会是提供简单食物的。有时候我想，这里的教会实在不懂得运营，他们应当像宜家那样，设立餐厅留住他们的教徒）换下衣服、擦干头发，再到外面游荡。有时候，我悄悄放走一只别人的船，躺在上面，任凭它随着湖水和风缓慢地漂动，以任意的方向匀速运动，往往一下午才走出不多远的距离，以至于那些岸边的树并没有因船走远而缩小成一根手指的长度。有时候风大（这个小镇上的风最大也大不过刮掉几片银杏叶的地步，这里的居民只不过象征性地为了安慰那阵小风而夸大地见面说一句"今日风大——"。他们要把声音拖长，长到足以与风的速度并驾齐驱，让话尾滚上当季的草叶味，让飘荡过这一片的风心满意足。我不久也学会了这种腔调，有时候在脑海里回转播放），小船漂到看不见岸边的地方，只能看见远上的村落。我内心故作因想象（突如其来的狂风大作、紧跟其后的电闪雷鸣把我卷到湖心，直到第二天风平浪静后尸体漂回岸边）而产生了惊慌，表面上却依旧很平静，撑着划杆把水搅到船后面，费一点力气回到岸边（因为实在没有多远的距离，只不过是我母亲多次在我耳边叨嚷的事故实例才让我心生退意，就像那日我在人家庭院里待不多久便像被逮捕一样逃窜着跳出栅栏一样）。湖边什么人也没有，船主只在每周不固定的几天的下午六七点钟才来看一眼，我笃定这些无拘无缚的浪漫日子不会被任何人知晓，所以毫不掩饰，就像那船属于我自己的一样（但——仍是我母亲——就像我不敢划去很远的地方一样，我每次出行心里总存放一个冰块大小的惴惴不安），并且我也从不把这段故事整段写下来，只让它们分分散散地零落在我的几本书里。

这段光阴过得很快，以至于在往后的日子里，在祖母去世后，我和 n 提起时，总是以"还记得我当时在祖母家的镇子里……"开头。在叙事方面，我总是做得很出色，但不免时常失声停在那里，去分清一些因过于接近而重叠的细节（我连续好几天出海，又在几天里去集市，接着再出海一天，然后随祖母去教堂一天,因而我总记不清几周度过的顺序,永远只是"我曾……做过""我也曾……")。

"你也得了失眠症吗?①"他以我的记忆力不佳而打趣我。

事实上,我的记忆力着实不佳,或许也并非不佳,只是记忆点是散落着的,就像森林里的蘑菇,自己也不知道会从哪棵枯树干上冒出,哪些又在一场雨里死绝。因而有些时候记住的瞬间是一些最无意义的、最让人听了昏昏欲睡的——但它们往往色彩鲜艳,每个细节都极其清晰。于是此时,我站在梧桐树下的阴影里,又重回这样的窘况:想不起来自己如何成长、如何结婚、如何成名、如何置办后事,脑海里却满是和n走在满是黏稠空气和闷热气流的大街上,踩在石砾上面,同炽热一起静默的场景。那静默在风里被吹动,徘徊在屋檐的边角,滑

---

① 《百年孤独》里,失眠症使人丧失记忆。

动在一根根电线上。远处的尽头是几声起伏的犬吠，模糊在潮湿里，接着是几声掸被子的闷响。我感到身处异境——一个了无啰唣的社会空间。那一瞬间，有一股超乎想象的宁静，犹如空气里弥漫着音符"do"的回响，涟漪一样辗转开来。直到有人开始讲话，在教堂里发出声带的颤动声，才把我热烈而又无奈的"do"赶走。紧接着，n的老友人上去讲话。他的白色短髭包围了整个下巴，连接起耳朵前的白发，整个脸只有一半是裸露的。他戴着一副金丝框眼镜，穿着黑色的呢子外衣，眼睛里是很真诚的悲悼和淳朴。他是个音乐家，悼词讲得很好，苍老的声音为葬礼添了一份起带头作用的悲伤，如海洋一般的声音涌动在教堂里。我听到耳边此起彼伏的哭泣声，就同我们那时去意大利在夜晚参加的葬礼一样，只不过那时候我作为很不重要的人坐在最后一排，心里没有对那口棺木里的尸体有多少回忆。而现在，我作为家属坐在第一排，身边是n和我共同的密友,而那口棺材将要把n同我几十年里的回忆一起埋进土里。我满头白发,衰老到难以对自己那同先贤祠[①]一样宏大的回忆做深入研究,只敢在门口的楼梯上徘徊。我感受到很多人的目光时不时地落在我身上,都想看看我是否流下泪来,然后考量着是否来安慰我。但我一滴眼泪也没有落,即便在n的葬礼上,也不愿意被牵着鼻子走,这执拗的性格将伴随我的一生直到入土。我倔强地挺直身板坐在那里,如同穿着凉鞋坐在教室里听讲时那样。

轮到我讲话,有人搀着我走上两三阶台阶(实际上我腿脚很好,完全没有走不动路的情况,不知为何他们仍安排了一个搀扶我的人,让我显得那么苍老无力,只能依靠别人的手臂走上台,但我没有心思指责,只是让他掩掩地扶着),替我调整麦克风的高度。我处在老师站在讲台上时的高度,看着

---

① 法国祭奠伟人的神庙。

坐在长椅上的人们（他们每个人的面貌都清晰可见，其中有那么几个靠后坐的人我叫不出名字，他们仿佛像在意大利参加葬礼的我一样，与已死之人关系不密切，只是由于偏远而重要的血缘关系而前来。尽管如此，看到他们我却感到很欣忭，似乎找到了熟悉的感觉）。台子上的氛围和时间的流逝逼迫着我的嘴说出几句话来，我顺着说下去；尽管没说多少，句与句之间的逻辑和构架都不明亮了然，但没有人在意，所有人都觉得理所应当。我特意绕开那些能让人落泪的故事，单单说了一些自己没太明白的、但听起来很深刻的话，然后被人扶着走回长椅。

这天很凉快，是晴天，但太阳一点也不晒。我身上出了一些薄汗，站在自家栅栏里的树下看着装有他遗体的长方形被绳子吊着一点点放进挖好了的土坑里。我想自己也总有一天在这棵树下死去，于是站立在那里，心里非常平静。我们共同的朋友们站在我身边，其中有几位同我一样老的老人时不时哀叹一声，而大部分也都很平静。傍晚后，我一个人在家里，读他们为 n 写的祭文和给我的书信。我把其中几封公开了，剩下几封诉说私人情感的留在了匣子里。

夜晚，我没有吃东西，因为我认为一整天都不应当享受进食的乐趣。年轻的日子里，我和 n 也曾偶尔提起情侣之间的问题，例如"我去世后会如何"等，那时的我将自己置身于如今的场合里，认为 n 死后自己会痛不欲生，头几年，甚至每天会感受到洪水猛兽般的思念之情，直到三四年后才逐渐习惯（我的亲朋好友以及学生们会每日陪在我身边劝慰，让我感受不到孤寂），但心里仍保留一些悲伤，直到自己也死去。每每那样想，年轻的我会流下眼泪，似乎身边正在说话的爱人已经去世一样，而那些散落在草坪上晶莹剔透的回忆无法再兑换成现实。但如今，我感到极度平静，甚至是大势所趋，早已有心理准备，余下的年月将继续自己漫长的工作，同时还添加了一份忙碌——为 n 整理生前的手稿。在他葬礼之后,我反而更加劳累,时常与出版社联系,平日里接待前来看我的人,工作竟一度停滞不前。

在那晚洗碟子时,意识到自己也将不久离开人世后,我便开始回忆起小时候因为死亡问题而时常陷入的困境。尽管在得知这一点的那晚,我的心曾那般地不愿接受,但当自己一夜睡醒后,在镜子里看到满头的白发和眼神里不再生机勃勃的光时,我都认为这一切再理所应当不过了。

剩下的日子里,我的过去为身体输入代码,使四肢像机械一样运动,在处处都碰壁,仿佛自己是一头笨重的大象,在几十平方米的卧室里稍微一挪动身子就会撞掉什么东西。这段时间里,我陆陆续续参加了两位好友的葬礼,也都为他们写下了哀悼词,有一篇被他们的亲属公开,由于情感真挚且动人,并富有一些老年人才会悟出的哲理,于是为临死的我又从社会上带来了一些关注。

我不再让有关死亡的话题栖居在我的脑内，因为仍有一部作品要赶在死亡前写出来。于是，我回到桌子前，戴上眼镜工作。有些上了年龄才出现的问题在如今的生活中被愈放愈大，或许是退休后空闲下来而常常思考的缘故。在下午的阅读时光里，我时常感受到自己的目光压根没有落在文字上，它们只是漂浮在书页中——一大片一大片空白的，带着黑色的、排列整齐的符列的书页。我所汲取的是字字之间那些搅乱心灵的空隙，和标点符号所带来的漫长停顿——它们快要将我吸噬进书本里。良久之后，我才能意识到自己对所读过的几页书压根没有印象、压根没有记忆，甚至在下次翻开它的时候，无法意识到曾经读过。于是，一本书往往要被我读很长时间，又因我总是同时看很多书目（往往这样划分：晨读书物，即短篇小说或散文；午后书物，即印度诗歌；研读书物，即论文或深奥的文字；睡前读物，即现代主义文学作品），而几本书写作风格难免相近，我要么将剧情混在一起，要么将其中人物混为一谈。偶尔，两本书被我合并成了一本书，一本书又被我四分五裂镶嵌进其他著作。有时我写作时想要用上一两段书中的内容，只能同时翻开两至三本书，引经据典般缕清那些人物，翻找那段文字。因此，有时候我一整个下午都栽在书里，而一笔未动。

到了该入睡的时间，我就老老实实躺在床上，不免对突然宽大的床而深感失落，如同年轻的她枕在对他浅薄的印象中一样，我只枕在对他淡淡的缅怀里。她在意大利的时候，走过一条奇怪的路，不知为什么，那段平平无奇的最短路程使她反胃，那段要转弯三次的路途让她颇感疲惫，使她的身体感到一种力困筋乏的强撑感，似乎像锯齿刀切面包时来来回回切断面包筋而产生的无奈一样。她每次宁愿在下一个街道口拐弯，绕一个圈，也不情愿靠近那条路，尽管路上从未发生过任何让她心烦的事。

她在晚上走这段距离，抬头看到时闪时现的圆润的月亮（一路上都是这样的顺序：德式别墅的尖顶—月亮—梧桐树—矮楼和一半的月亮—梧桐树与电线杆—梧桐树—梧桐树—房顶—月亮—电线杆），每次它出现在空中的时候就永远被两条电线切割开。她为了看到电线将月亮平均分成三等份，就边走边蹲下—踮起脚尖—偏头—仰头—向前—向后，直至找到一个既需要半蹲又需要仰头的角度，才把月亮不偏不倚地分成三块。同时，她要边走边躲避路上的井盖（她小时候就愿意这样做游戏，即便踩到了井盖也没有什么责罚，只是继续着。这样的习惯一直保留到成年，有时她戴着耳机走路时仍会下意识地迈一大步以避免踩到井盖），所以，这样一场游戏无疑是极具挑战性的，使她在那一晚无人的街道上找到各种规避理性的方式。

不久，她从同时代的女艺术家那里拿到意大利烟斗和香烟，在美国画家那里收获了一点安眠药。

聚会中，他们脚踩着天鹅绒，桌子上放三个烟灰缸，一块切开的蛋糕放在沙发上，墙壁上投映着《诗人之血》①，酒瓶直接矗立在地上。他们嘴里叼着烟，喝酒直接用酒瓶。一对男女在窗口吃蛋糕，几个人在客厅里跳舞（单纯地扭动身体）。一个年轻人躺在地毯上，还有一个导演把烟头按在墙上。那里毫无时间概念，一切金色的光落在家具上，折射出的奢侈糜烂和浮雕的烟盒很相匹配。她最爱的女作家白发盘在脑后站在院子里，音乐声大到她看不见她诗歌的韵律。她眼睛投向一片狼藉的厅堂，但那里没有人站着、没有人躺着、没有烟雾缭绕和癫狂的叫声，只有一副十九世纪的转动的费纳奇镜——人骑在马身上奔跑。所有的沙发落上了一层融化的金子、散

---

① 法国先锋派电影导演让·谷克多（Jean·cocteau）的作品。一般评论将这部电影的主题圈定在"真理""自由"上，但是影片没有统一的逻辑，也没有统一的意图，片中经常出现非现实的古怪画面造型。

落的烟灰、狼藉的碗碟，在大理石里镶嵌成平面的图像，沦为巧克力和金币上的图像。他们的灯像果冻，散发出果汁的甜味。地面和肥皂一样滑，有人把壁炉里烧着的木棍拿出来捶打。他们像相抵抗着的颜色混乱地扭作一团，在画布上厮打，直到上面呈现出覆盖、拥挤、浸泡着的，藏匿在石缝里、表面上的绿苔、蠃草、地下水。一个夜晚他们所有人都变成了犹大，她在襜妄中听到有人声称要在达·芬奇的圣母像前自刎，交配的声音要从极其细窄，连蚂蚁都爬不出去的门缝里钻出来、溢出来，回荡在受难图所置放的大厅里。很多人在大厅里吃喝、叫喊，他们的声音在四周的墙壁上直冲猛撞，溃烂成一摊无休无止的回声，像一个饼摊在锅里。

第二天五点不到，她被小提琴吵醒，从沙发上起来。在厚实、粗糙的地毯上，她的脚不发出声音，如同她正在行走着的长廊，只沉寂在空气的流通里。

一群修女在远处蓬勃的花园里圣咏，咏唱在静谧中更加神圣。她猫着腰去取她的鞋。

她走在绵延不尽的廊上，看到一扇扇排列的，在尽头埋没的窗倒映出她耀人的裙子和诱人的大腿。

古老繁复的建筑结构，玻璃雕花的窗，金色的门槛，空寂的陈红窗帘。交错的走廊，一个个厅堂，卧室，卧室里盈满华丽的装饰。

她的皮鞋搁置在石板上。

远远地，女作家朝她招手。她边走过去，胃里边翻涌着隔夜的烟味，仿佛吃下去一条高级香烟。

作家的白发很坚挺地被扎在头上，以只有两个人能听见的声音对她说："我读了你对我的小说写的批评。"她应当说下去，但她犹豫了一下，在这句设置悬念的话里画下句号，然后吐出一口烟来，走在四座雕塑包围的喷泉边。我总隐隐地不喜欢让人在这样的句式里停住，那显得他们高傲，需要别人把他们的话像用手接水一样捧住，然后等水同沉默一起充盈了双掌后才潺湲地溢出来，继续形成水流。但我对她是那样崇敬,以至于不把她这里的停顿当作傲慢,而是当作开口前的斟酌,颇显她出言谨慎的风范。

我跟上她的脚步。"您觉得怎样呢?"我脑袋还是有些昏昏沉沉,句子在脑海里有些零散,而社交该保持的沉默时间逐渐流逝,到了我该开口说话的时候,我鼓足了气,口腔湿润,舌头从里往外一伸,硬是把词说得圆滑。接下来,她说的话我印象不深,但在日后回想起这次清早在花园里的散步时,却只能听到她的话在时光的消逝里成为一首肖邦练习曲的《大海》,在我耳边很快地弹奏过去,并不留下任何文字。我们围绕着漫步了很久,四座雕塑有时变成三个,有时变为五个。我们越走越清醒,又接着聊了她的丈夫(她的丈夫是萨瓦①人,拍摄一些沉闷的电影,拿了不少奖,此时正在筹备他的下一部电影和财产划分)和其他作家。她比我矮小,比我大

---

① 萨瓦省(Savoie),是法国罗讷-阿尔卑斯大区所辖的省份。

将近四十岁，仍穿着高跟鞋。我们走着，直到看到被树冠包围的天像面团一样醒发膨大了，逐渐变白。进屋之后，我没有看表，只看到仍没有几个人醒来。年轻的人们倒在地上，有的正在穿衣服，年老的人在今早的凌晨和女伴离开了，一两个女人半梦半醒地坐在沙发上。我和她告别，在门口分手，她和导演开车离去，我走到肮脏的街头打了一辆车。

在车上，我睡了一觉。即将失去意识之前我在想，我会被性骚扰、打劫，或者谋杀吗？紧接着，我开始做梦，在阿拉伯司机的后座上歪斜着。我在被太阳晒过的街上走着。那个时候属于一种午后的静谧，由人们对熔金阳光的慵懒躲藏编织成。落下的光被屋顶切割成三角形，被那些枝丫分离成光斑。我坦诚地闲逛着，街上没有一台相机，正午里连人都稀少。然后，我被一阵洪水转移到养老院，四周没有镜子，只有绿油油的壁纸单调地糊在墙上，在太阳的严峻质问下黏黏糊糊的。我和一堆老人在娱乐室里，他们死寂一片，身体里的骨头发出"吱吱"的噪音，以一种看不见的规律运动着，那种规律浮动在空气（在这个屋子里，空气不同于我在走廊里去取鞋的，浸泡在修女圣吟里的饱满清澈的空气，而是挤满了每个人的轨道，在接下来的两秒、三秒内，他们手指的运动方向，脖子的扭动方向，还有咳嗽的摇晃幅度，像焦黑的机油一样在空中灼烧，一股让人受不了的热气喷薄而出，如同二十世纪游轮里为了运转而不断烧煤而火光四溅的煤室）里。四处是老人在高温下而晃动的外形，他们纹丝不动，头上连汗滴也没有，仿佛是没有感知的机器人。我穿插在他们身边四处找门，但他们彼此紧紧地贴在一起。我在那些有皮革味的衬衣里挤，脑袋被卡在几个人之间，挣扎到一堵墙前踮脚，却看不到门的迹象。我的肩膀在他们之间扭转不开，用尽力气才把左手从两个老人的臂膀里抽出来，刚抬起一只腿，那原本的缝隙就被合上，使抬起来的那条腿找不到任何空间。我汗流浃背，把腿伸进两个背对背坐着轮椅的老人的肩膀间，然后用那条腿的力气把身体向前靠拢，从一堆人柱里缓慢地挤蹭过去。当我的重心与脚垂直的时候，另一只腿无处可放，只能夹在两个面对面的老奶奶的肚子间，小腿肚轻微地碰到她们下垂的乳房。我想进行下一步，但鼻腔里涌进机油味，逼得我只能用嘴喘气。恶心被我吸进嘴里，沿着体内的管道翻涌，让血管变成太阳下裂口的柏油路。我踩在一个老头的圆头皮鞋上，他几根像鱿鱼一样的头发丝划过我的后背。他们的轮椅灼烧着，铁扶手像是被烤过一样发出好几百度的烫热。我感觉自己的血液变得黏糊糊的，像是大太阳下戴着不透气的帽子，发丝与发丝黏起来形成一股咸湿又凝着的半固体。那些老年人从短袖花衬衫袖口露出的臂膀，一个个像是地狱的丛林；他们的脑袋晃动着时而连接在一起，形成一片像是已经枯死的花，从头发里散发出招虫的恶臭。我的嘴再也呼吸不了，看不见四周的墙壁，不知道自己走到房间的哪个位置。我只能抬头看将要滴下油漆的天花板——一摊绿色的黏稠的油漆味液体在头顶蠕动。

突然间，我感到身体不再那么拥挤，似乎有一股热腾腾的蒸汽被从屋中抽离，脚虽仍在商务皮鞋和老式凉鞋间挤着，但一条大约有几毫米的缝隙空了出来，以至于我甚至可以轻轻摇动脑袋。一会儿，我所处的境地变得更宽松了一些，甚至可以躲避天花板上将要滴落的绿色。不知又过了多久（此时像是在火车上，四周都没有时钟，只有等待着到站的时候亮起的标牌，橙红色的字滚过。我很坚定地认为这里有一块可以通告时间的表，但我始终找不到它，就像在火车厢里迷路），似乎接二连三地有人从房间里撤离，发出辨别不清的声音，像是老鼠打洞。我感到不再那么酷热难耐，双腿也活动开了，扒开他们在空中的轨迹挨着墙找门。就在不远处的两个人头连接起来的像双黄蛋一样的圆点之间，我看到一个白色方形的一个直角，两个头分开的时刻，一个合页在门框上出现。我挣扎着挤过去，正巧看到那面白色的二维长方形门扇打开，走进来两个护士。她们走得很轻巧，不留痕迹地移动着，抓住一个手里拿牌的老人，将他推出门外。此时，屋里很宽敞，我跑过去霸住门，看到抓着牌的老人被放平，推进一个铁皮包裹的火化炉。这时，我才意识到他在牌桌前就已经死了，只是保持了那个姿势而发出恶臭。一阵熟悉的像老鼠打洞的声音钻出来，我环顾四周，发现有几个老人开始抽泣，有的拿着手帕擦眼睛，那时起时无的声音与他们脸上的泪对应——原来他们在恸哭。这些老人在屋里和我一起看着一个接一个的人赴死，直到屋子空荡荡的，只剩我一个人站在中央。我很冷，在屋里打寒战，血管像是被冰封了，有一些冰沙一样的碎冰在顺着血液流动。抬头，只见天花板上要滴下来的油漆形成一个像钟乳石的水柱，被冻住粘在天花板上。

一刹那,我从梦里惊醒,仿佛过去了半个世纪。我手脚发麻,脖子上的项链发沉,坠在锁骨上让我感觉它将要塌陷。我的余光落在被车窗勾画出的方形里,看到路人的身影被车的速度拉长,形成逐渐变浅的长条色块。我动手开了一点窗户,风吹得我很舒服,使我从噩梦中解脱。前面的红灯在车玻璃上形成一个大红光圈。这时候,车停下来。我看到路边的路牌,才惊觉自己睡了很短的时间,车只过了三个街道。我背靠座椅,看着那些重归于自己身体的来来往往的行人,在车启动后,他们的身影又拉出很长的颜色,仿佛被碾压成平面。一会儿的工夫,我回到酒店所在的街道。我让司机在离酒店还有一个拐角的路口停车,剩下的路要自己走回去。

一下车,我看到掩映在路边草堆里的来自未来的相机,于是只好把头发和衣服整理好,低着头快速移动,以免自己的名声受到七嘴八舌的损伤。实际上,我并非怕受到因酗酒而起的社会指控,只是担忧这样的指控会以舆论和谣言的形式毁坏我的名誉。因为对于前者，我大可以写一篇文章为人生有且只有一次的放纵辩护，无论我的读者买不买账，多年以后如果我有幸在文坛上留名，没有人会记得我是否在某个时刻里烟酒不断，他们甚至会将我和其他作家放在一个句子里以顿号隔开为我辩护；而后者则不那么轻松摆平，那不仅将影响我一段时日的生活，还会在我最终凝聚成一段文字的、本就不多的生命历程里特立独行地形成一句话。那句话将如同乌黑的浑水，在一潭清澈的履历里格格不入，甚至在很多一生苛刻地循规蹈矩的人眼里还有玷污其余白的倾向。这件事在我拐过马路后被藏掩过去，因为那是条干净又无人的街道，放不下相机。我的鞋子不适合走路，鞋跟"硌哒、硌哒"地在地上分为两节声响。肚子因脚下的晃动而不停皱缩着，使我很想吃烤沙丁鱼和马铃薯片。

紧接着，在一个很奇怪的时间里，我享用了这一顿不知该用什么词语形容的饭。如果按照表盘上的时间,我是在七点半的光景里吃了番茄起司沙拉(我把番茄片全都吃了,但只吃了不到两片起司,或许仍是昨夜所遗留的酒精在胃里形成微微发痒的感觉,此时的起司让人恶心)、牡蛎和一杯托卡伊葡萄酒。但实际上,在自己的时间轨迹上,我吃了一顿早午餐,并且除了晚餐,一天内不需要其他任何的进食了。这样的时间观念是出于我五点便清醒(尽管五点了,但天仍是半黑的,只能看到天上像烟雾一样的云条)的缘故,而后,我们在院子里走了很久(如今,我仔细地思考后认为那实际上并没有很久,只不过面对着敬爱的作家,我为了使嘴里吐出来的话与笔下写出的文章一样有水准,只能不停地在脑子里搜罗词汇和句式。因此,她每说一句,我的大脑就为此设立一个专门为应答她的话而组建的资料库;她每说一个词语,我就动用万千根神经的力量将与其相关的资料统统运输到嘴边,接着随她句子变长、词语增多，再不断地从那一堆资料中删繁就简。于是，我一看到她年老的嘴唇微闭上，就把一堆词语当作原料放进面条机一样的机体中，然后用力一压，让句子像面条一样挤压出来，有韧性且不掺杂添加剂（不惺惺作态，真诚的表述），最后只需要经过我的嘴把这句话稳稳地端到能被传播的空气中去就足矣了。同时，我时常要注意我句子的长短，它们有时候过长，刚说到三分之二时便让人感到句子散发出的惹人昏昏欲睡的气味，但此时拦腰截断又不妥帖，于是只能让它们自行尴尬地散发在空气里（我确信老作家也能感受到那些偶尔冒出的句子，因为她总是十分好心地以慢慢点头或从喉咙挤出"嗯、嗯"的声音帮我阻拦那些累赘，以免我过于尴尬）。就因这一点，我对她更加钦佩，并且心里有意把她归为同自己一类的人。还有些时候，她抛出一个我意想不到的前沿性问题，一时间，我脑海里涌出太多的回答，以至于无法择出优胜劣汰，只能以一种飘荡着的浮萍一样的声音发出肯定的回答，以示意自己听明白了她的问题。但接下来，或许是出于准备充分的紧张，嘴里吐的东西颠三倒四，第一句说到了一半，更好的一句话蹦到眼前，我又直接开始谈第二句，直到自己开始以"总而言之"收尾，才总结出来一个比较像样的看法。而在之后谈到的稍微放松的、能让大脑游离在语言之外做思考的话题时，我却能猛地对那些问题想起几句绝佳的表述或想法，然而时机已过，只能暗自伤神，后悔不已。我的大脑在同她聊天（甚至更像是一种对我社交技能和语言逻辑的考验）时，时常保持二战期间作为犹太人躲避纳粹屠杀的警觉和机敏，过度的集中注意力反而让自己感受不到时间的流逝，仿佛所有的时间像浓缩液一样被榨取在小瓶里，需要用的时候只取出一滴来滴在手背上均匀涂抹开），直到天亮得很清晰（实际上这应当是天气给我的错觉，因为日出往往很快，有时半小时里就能从乌黑一片转为碧空万顷。那时候也是如此，即便当我投入到对话中去时天还是阴沉沉一片，脱离出来时已经是晴空万里，而实际上钟表仍是只走动了一点时间。就像在密闭的商场一样，往往四处的壁垒和常亮的灯光让人感受不到外面天空明暗的变化，从而所有人只能一头埋在没有时间提示的商场里）。然后，我又坐上出租车，在里面睡了漫长的一觉——我的时空被错开了，梦里的时间是那么漫长，仿佛度过了一整天；而实际上，在真实世界的时空里，只不过是坐车前进了三个街道。如此时空间的断裂时常出现在我清早有急事却又困得连动都动不了的时刻。有几次，我要在七点赶一趟飞机，前夜却不合时宜地在傍晚喝了一杯让自己辗转反侧到凌晨的咖啡。于是，闹钟声在房间里唧叫完，我以起了一半床的姿势（通常的顺序是掀开被子、坐立、穿鞋，而我只坚持到掀开被子那一步，因为一切睡意像胶带一样把我封锁在床上）趴在床上，照例地做了一个记得很清晰的、却在将要结尾时，心里被另一个时空的急事的警铃渗透进的梦——那通常是一个让人很不安定的梦。我挣扎着起来，才发现实际尚有余留的时间。因此，我的一天先是从原定的七点钟起床被拓宽了两个小时，又在连续两次时间的留滞中被欺骗，使得一整天过得都先于世界上任何一个人，也拥有多于世界上任何一个人的时间。

用餐结束后，我回到酒店的房间，预备夜晚和一行研究所的同事前往餐厅的礼服。我的行李箱里平平整整地装着裙子和首饰，它们被拿出来平铺在床上。那空白的床单上有一个我假想的平面全身画像，衣服和首饰依照我的比例按身体部位摆放在床上。这一切在我的双手下井井有条，仿佛我的手在空中小幅度挥动着施展魔法——但她突然停下来，她摆好了那些饰品，以一种惊讶的神情被固定在那里一动不动。我凝视这副记忆里的画面很久才想到原因——她找不到她的鞋子。她从房间找到客厅，地上没有任何一处阴影可以提供线索,只能待在那里形成一幅静态的油画。又因睡眠不足而突显得脸色苍白无力,她的手甚至可以突破身体的具态而伸进心脏里去,而耳垂也发白近乎成透明。即便如此,一股冥冥之中的声音似乎以没有在空气中产生波动的形式告诉她不需要紧张,没有重新买的必要。这样的直觉抓住了她,使她脸上浮现出明显的安慰,仿佛一名十九世纪的夫人穿上了沃斯①设计的时装,在舞池里受到欧仁妮皇后注意而沾沾自喜。她很快忘掉了这件事,躺在床上用曼妙轻柔的躯体感受天鹅绒毯——我见过这样的画面,时常出现在那些黑白影片的女星身上:她们都穿着丝绸的睡衣,精致的脑袋枕在鹅毛枕头里,朝内凹下一小片淡色阴影。光像薄纱一样很柔和地覆盖在她们身上,消失在小腿的弧形里;她们侧躺着、趴着、半坐着,我在想象

---

① 巴黎高级时装业的创始人。

中看见俏皮和优雅被她们装在香水瓶和口红里。她们美得动人，在胶片里永久地保持着不衰退的青春。

那些年轻气盛的、像胶片一样的回忆绽放在我许久不用的化妆品、首饰和皮包上，它们现在被我暂时搁置下，让我足以认真体会身体所经历的一系列过程。自从上周以来，我越来越不忍心开启记忆的大门，越来越多的回忆我不再敢触碰，恐怕自己对过去感到悲伤，从而玷污了直面死亡清高的姿态。现在我唯一做的脑力劳动就是一件件细数着人生里是否有后悔的往事。

我到淋浴头下冲澡，房间潮湿得像是放在水里发芽的黑豆，拥挤在碗里。我很久不再用浴缸，只是光脚站在地上，让水珠很快地流经身体，结束它们短暂的外部世界的游历。我擦干身体，走到镜子前，望着我十几年来从未注意过的裸体和从未让任何人抚摸过的胸部——那只在梦里被亲吻过的胸部——用指甲划出很深的红印。随即我觉得这样的行为很不妥,只好很快地穿上浴袍。自从在放置盘子的时候感受到身体内部的铁链后,我便开始不再为自己的一天做计划,不再思忖接下来的事务,只是安心地把自己所有的肢体动作交给八十年来的经验和形成的习惯,任由它们将我像提线木偶一样摆弄——因为我早已自知没有能力拥有自由。

早上起床,我面对着镜子,看到自己的脸和身后的橱柜,才觉得拉康①所言是鲜活的(许多那些可理解并且可推导的理念,凭借我较好的悟性,都能根深蒂固地感知和接受,甚至在前人的基础上继续研究;而直到最近几个月,我才感到自己研究了半生的理念都重新活跃在体内,如同第一次认识它们时那样分外生动,似乎迸发出勃勃的生机,在不知不觉中焕然一新),不再藏匿于论文墨水中,不再是一个刻板的、被我挂在嘴边的深刻理解的概念,也

---

① 雅克·拉康,法国作家、学者、精神分析学家,他提出的诸如镜像阶段论(mirror phase)等学说对当代理论有重大影响。

不再是一个让年轻的我对人生有重新感知的理论。这一刻，它真真实实地具象化，使我置身于曾经看起来似乎正确，而今天清晨才深刻感受到它们轻浮于真实之上的事物里。一切具象在我身边像戴了面具的影像，在房间凝滞的空气里逐渐变得通透。它们不余留任何杂质，在单一笔直的横线上重构。那些木箱和衣柜相连的线条像浊泥一样软弱地坍塌下来，天竺葵的花叶失去颜色耷搭下来（不是衰败和枯萎，是形式上的收缩，那些看不见的边框线向内移动，仿佛整朵花垂危下来），裹上泥浆的表盘发出一种混响，仿佛是男孩的尖叫，极像疾速挥舞梳子时，梳齿划裂空气的声音。它们的线条干瘪下来，颜色如同柿饼，在横线上重构着。

我正如此看到这些与以往不同的世界，但一点不觉得惊异，只感到一切融合起来了，那海平面上熔金的落日—实验短片里突然掉下的叶子—眼前被划烂的纸泄出的光—抛掷在空中的碟子—从天上掉下来的雨滴—梦里鲜艳的肉体交缠—无数没有面容的c—从神秘国度而来的u—葬礼、葬礼、葬礼和葬礼。想到这些的时候，四处榆树的梢头兜住上空，枝叶霎时压低，低到屋顶，像卵一样包围住房子。天透亮了一些，厚如砖瓦的云在上面垂着，死死地扼着枝叶，使其毫无透气的罅隙。我的双腿已在不知不觉中带我走到花园进行照例的散步。一切目所能及的在我眼里都不矜持，在对比和饱和上走向极端，而活着的八十年在一片看似色彩鲜艳、五彩斑斓的人生里，只变成了一堆堆砌着的、不愿被追忆且无法被证实的回忆。它们以错乱的时间线交织在脑海中，似乎一切花在我身上的时间都只能等价交换到那样一串连贯的、没有人会盼望得到的记忆——我深深地感到自己被骗了，感到自己的生命不外乎是虚无且空洞的。但这虚无和空洞却不使人悲痛，它们细水长流似的在心田里滑过一道干涸的河道，从崖径流下，成为流苏般的、层层叠叠的忧伤，到头来是无能为力的哀叹。这种深刻的认知不再如同以往的猛然醒悟般，而是化作有形态的东西出现在我面前，使我的心在空间里感受到它们的体积——熟悉的、预知——浪漫主义画派早期——最强烈和最清晰——束缚、无可奈何——投掷进爬满青苔的石头上的别人家的栅栏里，让我清晰地通过万花筒一样的视野看到人生的荒诞。

我的腿僵直不能动，手臂挤在身体两侧，背脊硌在木板上，眼睛里一片漆黑，用已经死寂的心去感受不断落在自己所被关押着的长方形木盒上的土。那些土里混杂着植物的根茎、小动物的粪便，还有人鞋底的脏物，都纷纷扬扬地洒在盖住我的盖子上。空气不断地变稀薄，但对已死的人来说无关紧要。我微微地听到几个生前最爱的学生们的声音，还有一些稀落的、自己也分辨不出来的哭声，都夹杂在轻松的铲子挖土的声音里，簌簌地伴随着梧桐叶子的摇曳，有规律地唱和。我心满意足，一想到人们按照我的遗愿不叫我遭受火化之苦便心怀感激。他们把已死之人还当作能执行约定的主体，什么地方都按照遗愿安排，看起来像是满足一个死人的任性（事实也就是如此）。我一边在地底奚落他们，一遍隐隐地感受到右边相隔不远的 n 的棺木。我们两个之间隔了很多土，其中还有一个蚂蚁窝，甚至能听到蚂蚁们搬运东西而使土堆松动的声音。它们劳动着，在干燥的土层里储存食物。我看不到它们，但能感受到自己的想象力穿越木板和土堆，在声源处看到空洞的穴口、前后左右的土墙、蚂蚁的腹部和上背，还有面包渣。

我从未如此近距离地研究过蚂蚁，甚至在两三岁的时日也从未观察过，或许是感到自己并不赋有这样的能力，又或许只是脑海里没有这些记忆。因为我的童年并不是一件件连续的、在一个时间里统一倾涌而出的故事，而是在父母亲朋的漫长人生中时而跳出来的、以颠三倒四的顺序而拼贴起来的绘本。在父母的话里——这不难理解，我们总是举行家庭聚餐，金边碟子里摆放着一条条小炸鱼，它被放在我手边，而我却一条也不吃，只跨过小半个桌子拿一些鸡肉丸子。父亲这时候发话了：

"怎么不吃炸鱼呢？"

我吞咽下一块沙拉马铃薯，回答："我不喜欢吃鱼，很多年了。"

"真奇怪，"他笑起来，"你小时候那么喜欢吃鱼。"

"我不记得了，或许有可能吧！"我对曾经发生在自己身上、却毫无印象的事迸发出兴趣，那些事是唯一能够窥探自己心灵的根据（我常常将它们像背诗一样牢记心中，把它们妥帖地放在记忆阳台的风铃柱里，像是一张牛皮纸，卷起来后插进叮当作响的铁管里。这样，自己便能时时刻刻听见它们在微风中，在象牙白的大理石柱间奏响，在我越垒越高的记忆高塔上发出清澈而贯彻云霄的轻响），像抓着藤蔓爬下悬崖（那些记不清童年的人很容易变得极端，因为他们抓着一条没有根茎、长度不够的藤蔓，没法后退，只能不断爬到崖径）。于是，我追着问下去（因为这样的片段只能被偶然间回忆起，是不能像一连串像葡萄藤一样连根拔起的）：

"然后呢，我当时很喜欢吃鱼吗？"

"你小时候一天晚上吃了十多条炸鱼，炸的小黄花鱼。"他伸出两只手的食指，用其他三根手指把叉子包裹住，叉子和食指指向同一方向——在他盛放一大块近乎扇形的酱鳟鱼的碟子上方比画出一个大概八厘米左右的距离。

"你小时候还很喜欢吃果脯。"母亲也补充说。我现在几乎一点不碰那类全是糖分又被晒干了果脯，那些披着健康营养水果外衣却又满是糖分的助肥胖零食。

"你吵着要吃鱼，爸爸大晚上下着雨开车去买了一条，很贵。"父亲重新夺过话题。

我对他们说，很好，这些我要写到书里去。类似的故事也有很多，但它们全都零落地散落在沙滩上，像从沙砾中找珍珠一样费劲，有时候也不过是找到那些小小的、光芒黯淡的圆球——我更像是会"用融化的冰糕滴下来的甜水吸引一群蚂蚁"的人。（这句话出自母亲，当我走在上钢琴课的台阶上。那段台阶是水泥糊成的，面与面之间是成直角的弧形，没有一处体现了尖锐的概念，表面坑坑洼洼，很多凹下去的很浅的小洞，类似保龄球为手指设计的凹洞。大概有五六只蚂蚁在我视线范围内的台阶上爬，它们从下往上看着我，就如它们看着每一个庞然大物从他们身边走过一样，不感到某些人宣扬的敬畏，而只着眼于地上的食物。"这里有好多蚂蚁。"我边用脚往下踩边说。母亲在前面走，背对着我说："你还记得你小时候总是用雪糕吸引蚂蚁吗？"她走进由椴树薄片般的叶子形成的七零八落如剪纸的废料般的阴影下。我要求她详细说一说，但她只是添加了地点和动作描述:"就在那个花园里(她指的是我们家附近的公共花园,中间有一块圆形空地,那里每天聚集了由年龄段划分的好几批孩子,占据了不同时间段的空地。圆形四周都是草地、雏菊花和一些黑加仑树,道路辐射般地向外伸展),你当时拿着根冰糕,也不吃,就看着它融化滴在地上。"

我只能对此加以想象扩充。于是,在脑海里,我看到自己穿着白底印有樱桃图案的连衣裙,矮矮的只高出长椅一头,站在石砖上右手拿冰糕,面部是紧皱、屏气的神情,嘴巴并起来,突出了眼神里的专注。我手上是融化了的淡奶油和沾满了手的糖,黏黏糊糊的,像是抓了一把打发了的蛋清。"你还经常用手挡(她想不起来具体的动词,于是在这里磕绊了一下,说了一个让我能体会到意思的词)蚂蚁,也不记得了?"母亲已经走出那片凉风习习的像是有女神掌管的荫蔽,又想起有关的故事。"你用手那样挡住它们。"她怕我听不明白,又补充说。"是的,我有印象。"几年前，我还如此做过，于是很轻易地联想起来。那是一种不伤害蚂蚁的游戏，只不过让它们感到困惑：我并拢手指，使手掌与地面形成直角，然后竖立在蚂蚁面前，让它们另择其路。它们通常在从天而降的"手壁"前停住，被吓了一跳还未找到解决方法，但很快看到这堵墙长度上的局限性，于是从另一个方向绕路。我紧随着移动手掌，让它们永远被困在这块开放的砖上）而我也只是用无关痛痒的游戏填充虚无的时间空洞，这一空洞被放大，体现在竖放着的手掌上，手掌上的纹路垂直在地上，影子时而是长条，时而变成线，时而转成一面菱形。和那些愿意观看它们如何喝水、如何背负重物、如何交流的人不同，我似乎生来对这些暴露在表面的外衣漠不关心，而沉浸在它们在砖上四处逃窜的空白痕迹所填充的真实里，似乎那些由线条组成的路线都蕴含着一种说不清道不明的形而上色彩，从而让我看到那些透明里闪烁的光点，向上蒸发一样形成虹光。或许是出于我对"观察"一词的憎恶，每当看到这个词，总有一幅巨大复杂的画展现在我眼前：全部是由黯淡无光的灰色滴点按照一个规律的、经由数学方程运算过的式子星罗棋布地画在白色水泥墙上，能辨认出几个螺丝帽一样的规则六边形，很多类似管道的横线竖插在画面上，彼此压着、穿插着形成密密麻麻一片极为精准的渔网一样的结构；然后如同街头发生的暴力案件一样，很多深得发黑的蓝色扭曲地缠打在一起，看不清笔是如何画的，但它们不断地对峙着、愤怒着、紧张着，在墙上留下像迸溅的尿液一样的轨道。我不愿意看到这样的画，它们密密匝匝的结构使我的太阳穴发痛，那些根本无关紧要的问题在画上被放大成阿雷西博望远镜[①]的大小。

但此时此刻，我躺在只有政府会因土地利用问

---

① 世界上第二大单面口径射电望远镜。

题而在意的地下,连呼吸都无法发出,身体像北极的冰块,能做的只是回想自己曾用高声宣称的"我宁愿去死也不……"的事情。

"我宁愿在荒无人烟又有被微生物和蛆吃掉的可能性的地方去死,也不愿意在死后火化。"我穿着一双棕色的短靴,皮革在脚踝处停下,淡黄色的短袜藏匿在鞋子的黑影里。我和 n 躺在自家园内的树下,身下是一块米色碎花的餐布——我们野餐时总用它。他躺在我左边,略微鼓起的锁骨在光的照射下,在衬衣下若隐若现。同样迷迷茫茫不清晰地显衬的还有他略微颤动的喉结,那让光影在微风中在那块凸起的三角形上浮动。有时,他的下颚挡住那一缕光照,脖上便形成近乎三角形的夏日浅薄的黑影。从脖颈与晃动黑影的分界线往上看去,他下巴的棱角在合适的夏光里能被清晰地看到,接着,下颌也被衬托出来,形成一道黑与明的交界。我的后脑勺在地,平躺在树叶的剪影上,向他诉说我对死亡的要求。

"有什么原因吗?"他慵懒地半闭着双眼问我。

"我想象不到为何死去的身体要受烈火灼烧之苦,"我顿了一顿,像是认真思考,"出于我只放纵自己任性的考虑,"又加上一个前提,这样便阻隔了他人(我们都形成了一种说话严谨的习惯,无论在场的是否只有我们两人)要从资源、分配等角度上反驳我的可能性,"我实在找不出一个理由使自己想要像女巫一样被火烧,即便我已经死了。"

"那你要在遗嘱里面写清楚。"他像是也曾思考过这个问题,这句脱口而出的话背后仿佛是一个建立完整的理论体系,"而且要找到可信任的执行者,最好多找两个。"我从嗓子眼里冒出一个音节做回应。远处,一块赤红的云降压在一字排开的屋顶上,那些排列着的屋子而投射下的影子,被落日镀了一层又一层的红。"我们都是害群之马,我们都应该死得其所。"我继续说。"你想要棺材吗?"他问我这样一个问题。"我不知道,如果可以的话,我不想要,但是似乎不可以。"我从来没有了解过殡葬业,不知这是否合法、可执行。他带着笑声说:"如果可以的话,那我们将会为置办葬礼的人省下一大笔钱。"我的脸上也浮现出笑容,接着丰富这一计划:"如果不用棺材,我更希望直接把自己的尸体扔到海里,那样更干净。"

"那你觉得我们应当什么时候起草遗书?"

"现在记忆力很好,决定做得也很快,细节可以考虑到,但我们太年轻。"

"快要死的时候,我们记不住条条框框,或者没有精力思考。"

"我们应当折中,我们应当在步入老年的过程中……"

"要先记下来,在一个四十年后能看见的地方、一个我们一长出皱纹就出现的地方记下来。"

"在一个不随时间而泛黄、不随地点而改变、不随墙壁坍塌而毁灭、不随因果前后而消失、不随记忆力衰退而失落的地方。"

"那样的地方……"我突然笑起来。

"那样的地方……"他落后我一秒也笑起来。

"这棵树会看着我们去死,看着我们的墙壁崩塌溃烂。"我很轻地在他耳边说。

我看到太阳在缝隙里忽闪忽闪,树叶随着风上下颤动。我用尽全力盯着树叶,使树叶在眼里相对太阳成为那个静止的事物,而太阳则上下晃动,上升又下落,轨迹由无数个看不见的点组成,连成一根我一闭眼就能在黑暗中发紫的线。若要达到这样的效果,我需要集中注意力,让耳边的一切声音消失,汇聚成我眼睛的力量。最终,我只能坚持一秒,然后一切又变成太阳静止而树叶颤动的画像。

我时常做这种徒劳无功的努力。上小学时,我每天乘坐父亲的车上学,后座的车窗上贴了一个从薄荷糖瓶子上撕下的贴纸——一片只在概念里存活的、完美的薄荷叶片的图像。在移动的车上，我发现自己的眼睛由于时常落在"薄荷叶片"上而使得长方形车窗所罩住的房子、行人、椴树或梧桐树流动起来，形成横向拉长的虚晃的彩色影子。于是，我决心练就一项能力：要让那些行人在我眼中停下而使"薄荷叶子"乱动。自从有这样的想法，我连续每天早晨盯着车窗看，用意志力与物理学抗衡。不知我看了多久，或许一年、两年之后，在一个下雨天，固定时间里点亮的红灯使车停下来。行人打着伞走得很慢，他们走过车窗上一颗颗豆大的雨滴，衣服的颜色渗进透明的凸起的圆形雨珠里，成为一个身上满是肿瘤的人。我盯着一个走过去的人，余光里有"薄荷叶片"，蓄势待发的表情。在车开始缓慢移动时，那移动速度似乎和行人达成了一致。而在那几秒内，我看到行人静止在那里，而"薄荷叶片"以蜗牛般的速度在只能用雨滴辨认的玻璃车窗上移动。很快，当车超越了人之后，一切又恢复了原样。我并没有因这件事的成功而感到惊喜,因为我本没有把这个挑战赋予有意义的、值得纪念的含义,它只是在上学路上缓解枯燥的道具;而事实上这个挑战本身,比上学路上的两眼发空更为无聊,几乎是我人生中为数不多的极度无聊的时候,而我也只是因为自己终于做到这徒劳无功的挑战才好叫大脑休憩。

后来,我仍持续地那样看"薄荷叶子",直到父亲在我毕业后换了一辆车,车窗上干净无暇,连鸟粪都处理得很及时。

躺在荫凉下,我的身体轻飘飘的,似乎了然无牵挂了,可以就这样睡在土里,一闭眼,全是自然的清香。

年老后,我和n反而忙起来,只是偶尔有时间在这棵树下度过一个不用看时间的午后。当他也去世后,我更少地待在这里。但那一天,身上的锁链带着清早在镜子面前停留过的我,走到庭院里来散步时，却拉扯着我找到许久不用的餐布，让我在树下铺开，将身体放平在上面。我的膝盖争先恐后，不知是哪条腿先弯曲在地上，接着被铁栓固定住，使另一个膝盖也抵在布上。我的毛衫提拉着我，生怕自己一头栽到地上，同时也让我喘不过气来。栗色的头发遮住了左边的眼睛，手臂像支撑杆一样垂直地撑着，我的手肘运作起来让自己像乌龟一样趴着。接着，一个大幅度的翻身，我终于背脊贴上了餐布，领口不再置自身于死地，双臂双腿渐渐平放下来。躺在那里，我像一台睁着眼的机器，仿佛这棵树下、身体的下面埋葬着的 n 的棺材不能使我有悲伤情感的波动——我像是铁了心。

然而，就在这个万籁俱静、充斥着我看透人生后愈感悲伤的时刻——很可笑的是——我竟然不合时宜地想起来（也并非"想"起来了，是我被链条束缚着只能往这个方向思想）一些堕落的欢乐——那个夜晚的电子音乐声沉重地碰撞在一起，音波让我的裙角飞起来，人们忘却自我般地甩着头。我想再体会一次这样腐朽的放纵，让四肢灵活地运动在音乐和人声中，鞋上的流苏像水蛇一样扭动，在她们奢侈的耳环的闪烁下喝酒，耳边却满是在长廊上听到的圣吟。我不再感到空调风惹人发冷，音乐声麻痹了我的大脑，让神经和血液沉浸在时间系统的崩溃里。斑斓、交错的光柱在融合成一片的窜动的人群里形成由头发、獭兔毛、绸缎组成的异形光面，在胸口、头顶和肩膀上飞速划过。那些人交错的手掌在空中举着、挥舞着，在光照下成为五颜六色的蝴蝶，在人头连接成的海浪上成群结队地飞动。他们跳着剧烈晃动身体的舞蹈，在光影里扭动、冲撞，面部是狂热、牙齿咬着下唇的笑，舞动的臀部时不时相撞在一起，都用鞋揉捻着他们的年龄——他们不再是老人、男人和女人，而是一群狂乱的、看不见现实的人。

  我在凌晨从那里走出来，迎面遇见几乎与我同龄的同事n在门口抽烟。他似乎不太会抽，夹着烟头的食指和中指学着意大利电影的模样弯曲，两个指节夹在烟尾，像是怕烟头烧到手指。他站在那里，和身后栅栏里的植被一起在光秃秃的黑色天空里躲避一束像圆锥形柱子般很强硬的白光（那束白光极为强烈，以至于他嘴里吐出来的很浓的烟雾一遇到那束光就蒸发了）。看我走过来，他把烟扔进垃圾桶（用很笨拙的手法掐灭，我没有看清，但通过他手指的剪影和手臂的幅度，我想他大概是直接拿烟像粉笔头一样戳了一戳，不管灭没灭就扔进了在地上独立着的铁皮垃圾桶里），从光源的后面，弯下腰，侧着头，从光与地面形成的三角形里钻出来，仿佛那束光是一个坚硬的水泥实体。我过去打招呼，他脸上挂着不好意思的笑，说："那束光太强了。"我点点头，问他在那里有多久了，什么时候出来的。他身上沾染着别人的酒味，也是在一群拥挤的人里挤出来的，和我身上的味道差不多（我也不知道如何得知自己身上有酒气的，我的鼻子应当早在舞厅里被蒙蔽了，辨识不出气味。或许是迎面而来的冷风灌了我一口寒气，使自己不禁地打寒战，才让感官重新敏感起来），因此，我奇妙的直觉坚信他同自己是一类人。他回答说自己也说不清，可能就是刚刚才出来，但又像出来了很久。他似乎意识到自己说的是废话，想为我解释得明白些，于是下意识地抬起左手比画，可一瞬间又发现在这种看不见摸不着的感受面前具象的比画是不起作用的。最后，他把手放在心口，又说："大概是这里（他的手指在心脏的位置）和这里（他的手指上移，指了指脑袋）的差别。"我马上说自己明白他的意思，又接着问他为什么要抽烟。他似乎感觉这个问题更难以回答，答案只可意会不可言传，只好说："我也不知道。"

事实上，他的两个答案都很令我满意，至于满意的原因，由于我总觉得要说清那种感觉需要写一篇小论文的工夫，便从来没有细想过。我想这大概与青年时同祖母争辩为何自己所度过的夏天与同龄人所度过的有本质上区别所属同类性质，都是在言语上无法体现的、不可言说的，与其苦用功夫把那种不可名状的感觉用错综复杂、不近人情的笔墨记下来，不如干脆承认——"我也不清楚。"

我从树下坐起来，两只胳膊里的骨头像手机支架一样撑着上身。有一瞬间，我的灵魂升出了肉体，不记得自己是如何站起来、如何收起餐布的，只是回过神来的时候发现自己已经从院子里回来，坐在沙发上，凝望着《傍晚的腓特烈城堡》的复印版挂画，余光里看到画里的橙色夕阳照映在自己的生命的末尾上，似乎身边落满了那样橘红色的光。我用一刹那来吸气，用永恒来呼气，胸口的气却像怎么呼也呼不完一样，断断续续地从鼻腔里挤出来。我的眼睛下意识地闭上，心里的一最后一股气消散在空中。一刹那，我没有看见走马灯，只看见自己穿着一件玫红色的吊带和包裹住臀部的荷叶短裤，一只脚蹬在石块上，另一条腿横着搭在栅栏上，栗色的卷发被草帽遮盖住一半，然后用力一蹬，跳进种着紫藤花的院子——我的院子，种有紫藤花树的、树后面不显眼的地方摆着各种酒瓶的、树下埋葬着我的爱人的、我曾悻悻离开了的，如今属于我的院子。

最后的意识消散在屋内。我想试图把死亡的感受写下来，但手摸不到笔，一切固定的实体在眼前扭转，相册的直角都变成了曲线。我感到自己变成一种淡淡的夏日酷暑里水蒸气的味道，在空气里均匀地四散开。

我的棺材从潮湿的海岸被人抬着，远远能看到高出栅栏的紫藤花树那下坠的、葡萄一样的花簇在微风里摇曳。那些花瓣是最好的角度，能看到我家二楼的阳台，阳台上精心培育的盆栽，里面有紫阳花、白雪花、天竺葵，簇拥着有软绵绵印花坐垫的藤椅；能看到院里散发着淡淡臭味的石楠花晃着它一点点白色的挨挨挤挤的花瓣；能看到角落里爬满苔藓的石块；能看到院子栅栏外慢慢走近的人群，他们在逼人的太阳下抬着的棺木，和土路上迎面而来拉木箱的人。

抬我棺木的人，和后面送葬的人在一群费力地拉着一个木箱经过的人前停下来，等他们走过去。他们都看到彼此拉的木箱的木板间夹着一片布条，布条破破烂烂地拖在地上，上面歪歪扭扭地用黑色的笔写着："鞋子在哪？"

送葬的人把我的棺木放在紫藤花树下挖好的洞口里，用铲子把含有小动物粪便、鞋子上的脏物、植物根茎的土压在木板上——他们哭泣的声音幽幽地飘在花香里，使簌簌的风声不再能被听到。

完稿于 2020 年 6 月 15 日